L'amant interdit

MICHELLE SMART

L'amant interdit

Traduction française de
FREDERIQUE LALLEMENT

AZUR

HARLEQUIN

Collection : Azur

Titre original :
THE FORBIDDEN GREEK

HARPERCOLLINS FRANCE
83-85, boulevard Vincent-Auriol, 75646 PARIS CEDEX 13
Service Clients — https://www.harlequin.fr/contenu/contactez-nous
ISBN 978-2-2805-1508-5 — ISSN 0993-4448

Édité par HarperCollins France.
Composition et mise en pages Nord Compo.
Imprimé en mars 2025 par CPI Black Print (Barcelone)
en utilisant 100% d'électricité renouvelable.
Dépôt légal : avril 2025.

FSC
www.fsc.org
MIXTE
Papier issu de sources responsables
FSC® C159065

Pour limiter l'empreinte environnementale de ses livres, HarperCollins France s'engage à n'utiliser que du papier fabriqué à partir de bois provenant de forêts gérées durablement et de manière responsable.

1

Kate Hawkins trouva extraordinaire de voyager en jet privé. Le personnel de cabine satisfaisait ses moindres désirs, la nourriture était abondante et raffinée, et elle disposait d'un salon, d'une salle à manger ainsi que d'une chambre dotée d'un lit douillet, avec salle de bains.

En l'espace de trente-huit heures, Kate avait fait escale dans sept pays, traversé deux continents et tant de différents fuseaux horaires qu'elle fut stupéfaite de constater que deux jours seulement s'étaient écoulés depuis son départ de Grèce le samedi soir. Si Leander Liassidis s'avérait ne pas se trouver à son prochain arrêt, sa frustration allait atteindre des sommets.

Elle sortit alors la liste qu'Helena lui avait établie. Il restait encore sept villes, donc sept demeures possibles où ce magnat de l'industrie technologique à la fortune impressionnante avait pu aller se terrer. Comment un homme pouvait-il posséder autant de propriétés ? Ce serait toujours un mystère à ses yeux. L'empire immobilier de Kate se réduisait à sa chambre d'enfance dans laquelle elle était revenue vivre à plein temps après avoir obtenu son diplôme de vétérinaire.

Au moment de descendre d'avion en Californie, elle était si certaine de devoir se rendre dans chacun des pays de la liste avant de retrouver le fiancé fugitif et le ramener en Grèce, qu'elle déclara à l'hôtesse :

— Prochaine destination, Grand Cayman.

La jeune femme sourit :

— Nous attendrons votre appel.

Comme lors de ses escales précédentes, l'équipage avait prévu une voiture qui, ici, l'attendait sur le tarmac. Elle apprécia leur efficacité et surtout de ne pas avoir à marcher sous un soleil brûlant comme cela avait été le cas à New York.

Une fois dans la limousine, malgré son désir de fermer les yeux et de dormir quelques minutes après son périple intercontinental, Kate vit une succession d'images défiler dans son esprit tandis que les sons les accompagnant résonnaient à ses oreilles. Leo Liassidis debout devant l'autel, puis récitant les vœux matrimoniaux à la place de... son jumeau. Le choc de la mariée, Helena, face à la désertion de Leander.

Personne, à part les intéressés et les parents Liassidis, n'ayant pris conscience de la substitution, Kate avait alors décidé de partir à la recherche du jumeau fugitif afin de le ramener, et Leo lui avait donné accès à l'avion de sa société.

À ce point de ses réminiscences, elle vit qu'après être entrés dans un complexe résidentiel privé ils étaient arrivés devant le portail d'une propriété. Au sommet d'une allée sinueuse se dressait un manoir entouré d'arbres qui surplombait un grand jardin paysagé et dont un côté faisait face à l'océan.

Kate descendit de voiture, puis s'approcha des grilles. En attendant que le garde de sécurité se montre, elle scruta la maison guettant un signe de présence. Les gardiens des résidences à Athènes, Rome, Milan, Vienne, Francfort, New York et Toronto lui avaient peut-être menti, mais elle n'avait senti aucun signe de vie derrière les portes et fenêtre fermées de ces résidences. Ici, en revanche...

Épuisée après son long voyage, elle venait de penser que c'était la plus parfaite des retraites isolées lorsque le garde de sécurité apparut devant elle.

En sortant de la piscine, Leander Liassidis aperçut à travers le feuillage la limousine noire arrêtée devant son portail.

Il supposa donc que le larbin de son frère l'avait finalement trouvé. Peu importait, il avait déjà donné à Mason l'ordre de dire qu'il était en lune de miel en Grèce. Son visiteur quitterait donc Marina Sands les mains vides.

Tout en se séchant, il se demanda dans combien de ses propriétés le larbin s'était déjà rendu. Il aurait pu le découvrir, mais il s'était interdit toute communication. Après s'être assuré que Leo avait pris sa place au mariage, Leander n'avait plus rien voulu savoir du monde extérieur.

Pour la première fois de sa vie, il avait besoin de solitude. En dehors de son personnel de maison californien, seule son assistante savait où il se trouvait. Shereen travaillait pour lui depuis dix ans et, à l'instar de ses autres employés, sa loyauté était indéfectible et sa discrétion totale.

Jetant sa serviette autour de son cou, il décapsula une bière glacée et en but une longue gorgée. L'amertume du goût correspondait à ce qu'il éprouvait envers lui-même pour avoir pris la fuite avant le mariage.

Leander adorait Helena. De bébé très laid, elle était devenue une enfant incroyablement mignonne qui le suivait partout comme un chiot chaque fois que leurs familles se réunissaient – ce qui arrivait souvent car celles-ci étaient associées en affaires et aussi proches que si elles avaient été liées par le sang. Au fils des ans, elle s'était transformée en une jeune femme aussi belle qu'intelligente dont il était toujours heureux d'avoir la compagnie. Il n'éprouvait cependant aucune inclination romantique envers elle, probablement parce qu'il la considérait comme une sœur et ne l'avait donc jamais regardée comme il regardait les autres femmes. Leur relation était une amitié mutuelle à laquelle il tenait trop pour faire quoi que ce soit qui puisse blesser Helena.

Or il venait de la blesser en manquant à sa promesse. Penser à la douleur et la stupéfaction qu'avait dû lui causer sa défection lui brisait le cœur. À un moment donné dans un avenir proche, il retournerait dans sa Grèce natale, les affronterait elle et Leo, et tiendrait le rôle d'époux qu'il avait promis de jouer pour elle, mais ce moment n'était pas encore venu. Il avala le reste de sa bière d'une traite afin de noyer le goût de bile monté dans sa gorge à la pensée de devoir feindre la comédie de l'amour aux yeux de tous jusqu'à ce qu'Helena entre en possession de son héritage et qu'ils puissent dissoudre leur faux mariage.

Ciel ! Il devait se ressaisir.

Pour cela, il y avait un moyen rapide. Passer le reste de la journée dans une douce ivresse. Leander décapsula donc une autre bière et s'apprêtait à rentrer se doucher lorsque la brise océanique lui apporta le son d'une voix.

Dans la seconde, sa peau se couvrit de chair de poule.

En deux enjambées il rejoignit la balustrade de verre qui surplombait l'allée menant à sa villa.

À la vue de l'expression du garde de sécurité, Kate lança :

— Laissez-moi deviner. M. Liassidis n'est pas là, c'est ça ?

— M. Liassidis est...

— En lune de miel, acheva-t-elle pour l'homme. Et vous ne pouvez pas le contacter.

— Je suis désolé que vous vous soyez déplacée pour rien.

Cette réponse était exactement celle à laquelle elle s'attendait, celle reçue dans chacune des résidences de Leander. Et pourtant...

Même si rien dans le comportement ou l'expression du garde ne donnait à penser qu'il mentait, Kate sentit une différence, suffisamment forte pour lui faire croiser les bras et déclarer :

— Je ne vous crois pas.

— Je n'y peux rien, madame. M. Liassidis est absent, aussi je dois vous demander de bien vouloir partir.

Ignorant l'homme, Kate scruta la maison. Quelqu'un était là, elle le sentait.

— S'il vous plaît, madame, ne m'obligez pas à utiliser la force.

Elle tourna brusquement la tête vers l'homme.

— Si vous posez un doigt sur moi, je vous traîne en justice. Compris ?

Et, portant les deux mains autour de sa bouche, elle cria à pleins poumons :

— Je sais que tu es là, Leander Liassidis. Alors, cesse de te cacher et montre-toi !

— Rejoignez votre voiture, ou je devrai faire appel aux forces de l'ordre pour vous faire partir.

— Pas question, je suis là pour voir votre patron et il va me recevoir.

— Laissez-la entrer, Mason.

Kate leva aussitôt les yeux vers l'endroit d'où venait la voix grave à l'accent chantant et vit Leander accoudé à une balustrade en verre fumé.

Surmontant son choc, elle adressa une grimace victorieuse au garde en passant devant lui. En proie à la fois au soulagement et à la fureur, elle monta l'allée pavée au pas de course comme si le « bon » jumeau Liassidis risquait de se volatiliser à tout instant. Son intuition avait été juste. Elle savait, depuis sa descente de voiture, que Leander était dans cette propriété. Elle le savait de manière viscérale.

Au sommet de la pente, l'allée se divisait, partant vers la maison d'un côté et ce qui s'avéra être une piscine de l'autre. Leander l'attendait, tenant le portillon ouvert et vêtu d'un seul boxer de bain moulant.

— Bon sang, habille-toi ! s'exclama-t-elle en portant une main à ses yeux.

— Si ma vue te dérange à ce point, tu n'as qu'à retourner à ta voiture.

— Je viens de passer deux jours à te courir après, il est donc hors de question que je reparte sans toi.

— C'est bon, tu peux regarder. Je suis couvert.

Kate abaissa sa main. Il s'était contenté de nouer la serviette autour de ses hanches !

— Couvert, oui, le terme est approprié. Mais décent ? Pas franchement.

— Je n'avais pas réalisé que tu étais aussi prude. Es-tu venue d'Europe jusqu'ici dans le seul but de m'insulter ?

Elle soupira, serrant son sac à deux mains pour contenir son envie de l'étrangler.

— Écoute, Leander, je dois partir pour Bornéo dans une semaine et j'ai des tonnes de choses à faire, alors va t'habiller. Tu ne peux pas prendre l'avion dans cette tenue, or tu rentres en Grèce avec moi.

— Je n'ai pas l'intention d'aller où que ce soit avec toi. Donc, ne perds pas plus de temps et file à Londres faire tes derniers préparatifs pour ta nouvelle vie.

Sur ce, il s'assit sur un des canapés d'extérieur disposés autour de la piscine, les deux bras passés sur le dossier, une bouteille de bière à la main, ses longues jambes bronzées étendues devant lui.

— Il n'est pas question que je parte sans toi. J'ai promis à ton frère et à Helena de te ramener, et c'est exactement ce que je vais faire.

— Eh bien, dis-leur que je rentrerai avant la fin de la lune de miel, au moment qui me conviendra. Alors, pars maintenant et va gâcher la journée de quelqu'un d'autre.

Elle prit une bière dans le seau à glace posé sur la table basse, la décapsula puis s'assit à côté de Leander.

— Je suis douée pour gâcher la vie des hommes. Une longue

pratique acquise au contact de mes frères. Je vais donc rester et empoisonner la tienne jusqu'à ce que tu capitules et rentres avec moi.

Il serra visiblement les dents avant de répliquer :

— Retourne chez toi, Kate. Je reste ici.

— J'ai promis à Helena de te ramener, répéta-t-elle. Or, contrairement à *certains*, je tiens mes promesses.

— Et moi, j'ai dit à Leo que je rentrerais avant la fin de la lune de miel, et je le ferai.

— J'ai entendu le message que tu lui as laissé. Tu as eu de la chance qu'il l'écoute à temps pour prendre ta place. Laisse-moi toutefois te rappeler que tu avais *promis* à Helena de l'attendre devant l'autel.

— Leo y était à ma place, répliqua-t-il d'un ton fataliste.

— Oui, et il n'était pas content du tout de prétendre être toi. Quant à Helena, elle craint qu'il se fatigue de jouer la comédie avant la fin de la lune de miel. Et tu connais l'enjeu. Faute de mariage, elle devra attendre deux ans avant d'entrer en possession de son héritage, or elle a besoin de cet argent maintenant.

— Leo tiendra le coup jusqu'au bout. Cessez tous de vous inquiéter, tout va bien se passer.

— Comment peux-tu affirmer ça ? s'emporta-t-elle. Ton frère est furieux, tes parents ont prétendu ne pas voir la substitution, mais leur stupéfaction était visible. Quant à Helena...

— Helena a le mariage dont elle a besoin.

— C'est ça, mais avec le mauvais frère ! En plus, j'ai l'impression que Leo n'aime pas plus Helena que tu ne m'aimes.

— Que veux-tu dire ?

Kate eut un petit rire.

— Je t'en prie, ne fais pas semblant de ne pas comprendre. Je sais très bien que tu ne m'aimes pas. Et tu sais que je le sais puisque Helena t'a demandé ce que j'avais fait pour t'indisposer.

En quinze ans d'amitié avec Helena, Kate avait beaucoup

entendu parler de Leander Liassidis, mais n'avait fait sa connaissance qu'une semaine avant le mariage lorsqu'elle était arrivée sur l'île grecque de la famille Liassidis. Après tout le bien que lui avait raconté son amie, elle avait été certaine de s'entendre avec lui. Et c'est ce qui était arrivé dès leur premier contact. Leander était sociable, charmant et amusant, exactement tel qu'Helena le lui avait décrit. Le cinquième jour, il les avait emmenées à Athènes dans un club huppé et ils avaient ensuite fini dans son appartement avec quelques-uns de ses amis grecs à danser et à boire, puis avaient dormi sur place. Une excellente soirée. Une merveilleuse façon pour Kate de fêter son prochain départ vers la nouvelle vie dont elle rêvait depuis son enfance.

À son réveil, la tête encore tourbillonnante après les plaisirs de la veille – et l'alcool –, Kate s'était rendue dans la cuisine. En y trouvant Leander les mains posées sur l'îlot central, épaules voûtées, elle avait lancé une plaisanterie sur les lendemains de fête douloureux. Il avait alors levé la tête, une lueur avait éclairé son regard avant d'en disparaître presque aussitôt, puis de sa voix grave, d'ordinaire si chaleureuse mais soudain glaciale, il avait lancé : « J'ai mal à la tête. J'apprécierais un peu de silence. »

Bien que froissée, elle avait mis sa froideur inattendue sur le compte de sa gueule de bois et pensé qu'il redeviendrait lui-même une fois les effets de l'alcool dissipés. Le Leander sociable était effectivement réapparu avant leur retour sur l'île, aimable avec tout le monde... sauf elle.

Sans toutefois l'ignorer, il était devenu presque dédaigneux envers elle. Alors qu'Helena l'avait laissée au bord de la piscine des Liassidis le lendemain après-midi le temps d'aller chercher son chargeur de mobile, Leander était arrivé, l'avait regardée, puis avait tourné les talons sans un mot. Kate avait alors compris qu'il s'était vraiment pris d'aversion pour elle.

Cela l'avait tellement perturbée qu'elle en avait parlé à Helena, inquiète d'avoir par inadvertance froissé Leander, proposant même de s'excuser si c'était le cas.

— Tu as dit à Helena ne pas avoir de problème avec moi, Leander, mais je ne suis pas stupide. En attendant, peu importe, tu dois rentrer.

— Je ne voulais pas blesser Helena, mais puisque tu en parles, voici mes raisons. Tu n'arrêtes pas de jacasser, tu ne sais pas quand il faut se taire. On a dû te donner ton diplôme de vétérinaire pour ne plus t'entendre, car tu es le type même de la blonde idiote dont la génération de mes parents aimait à se moquer.

Sur ce, il se leva avant d'assener avec un rire railleur :

— Dis à Helena et à mon frère que je rentrerai comme promis avant la fin de la lune de miel. Je ne te raccompagne pas, tu connais le chemin.

2

Prendre une douche n'allégea pas l'esprit de Leander, ni ne fit disparaître la vision du visage choqué et peiné de Kate.

Il espérait qu'elle n'avait pas pris ses paroles trop à cœur. Il avait fait preuve de méchanceté gratuite uniquement parce que cela lui avait paru le seul moyen de la faire partir. Un moyen peu élégant certes, mais nécessaire...

Il savait que son frère enverrait quelqu'un à sa recherche, car Leo ne croyait plus un mot sorti de sa bouche depuis que, quatorze ans auparavant, il avait manqué à sa parole, ce que Leo ne lui avait jamais pardonné. Son frère avait toutefois écouté son message. Une chance, vu que depuis cinq ans il ne prenait plus aucun de ses appels.

Donc, oui, Leander s'attendait à la visite d'un envoyé exigeant son retour en Grèce, c'est pourquoi il avait briefé son personnel en conséquence. Il comptait rester dans sa retraite jusqu'à ce que ses pensées se soient éclaircies et que ses émotions soient de nouveau sous contrôle. Une semaine était amplement suffisant.

Mais pourquoi diable avait-il fallu que Leonidas et Helena lui délèguent Kate ? Et, pire, que lui avait-il pris de manifester sa présence ? Il connaissait, hélas, la réponse à cette question : Son besoin irrésistible de vérifier si la voix entendue – qui avait aussitôt fait vibrer tous ses sens – était bien celle de Kate. S'il avait refréné ce besoin, elle aurait quitté Marina Sands en ignorant avoir été si près de le trouver.

Après avoir enfilé un bermuda et un T-shirt, l'heure du déjeuner approchant, Leander décida de laisser son chef tranquille et de se préparer une omelette. Un verre de bon vin pour l'accompagner l'aiderait à se changer les idées. Il pourrait même se détendre devant un film en mangeant.

Rasséréné à cette perspective, il descendit de sa chambre. Son accès de bonne humeur s'évapora dès qu'il entra dans le salon.

Kate était allongée sur un canapé, ses jolies jambes bronzées dépassant d'un short kaki, le visage penché sur son téléphone. Elle passa une mèche de cheveux blonds derrière son oreille et lança gaiement :

— Ah, te voilà. Je commençais à me demander si tu n'avais pas pris la poudre d'escampette une nouvelle fois.

— Je t'ai dit de partir, rétorqua-t-il d'un ton sec, n'ayant pas un seul instant envisagé qu'elle resterait après ses paroles insultantes.

N'avait-elle donc aucun amour-propre ?

— Pour être exacte, tu m'as dit que tu ne me raccompagnais pas. J'ai donc averti Helena que je t'avais trouvé et lui ai fait part de ta résistance à rentrer.

Tournant alors vers lui son visage, dont la forme en cœur lui évoquait celui d'un petit lutin, et le fixant de ses yeux d'un vert jade lumineux, elle ajouta avec un sourire dur :

— J'ai promis de te ramener au plus tôt… détail en sous-texte, ton frère est une plaie selon Helena. Aussi considère-moi comme ton invitée jusqu'à ce que tu acceptes de me suivre.

Il ne manquait plus que ça ! Une invasion de cafards aurait été préférable à sa présence.

— Certainement pas.

— Ayant quitté l'avion avec les seuls vêtements que j'ai

sur le dos, je vais devoir t'en emprunter, ainsi que quelques affaires de toilette.

— Hors de question. Tu dois t'en aller.

— Je ne peux pas, répliqua-t-elle avec un grand sourire. Je viens de dire à mon chauffeur de rejoindre l'avion.

— Le mien va te reconduire.

— Je n'irai nulle part sans toi, Leander. En conséquence, à moins de me mettre dehors manu militari, tu vas devoir supporter mes jacassements jusqu'à ce que tu en aies suffisamment marre de moi pour retourner en Grèce et tirer Helena et Leo du cauchemar dans lequel tu les as plongés.

— Combien de fois devrai-je te dire que je ne rentrerai pas avant la fin de la semaine ?

Elle ramena les yeux sur l'écran de son mobile.

— Autant de fois que tu veux. De toute façon ta parole n'a aucune valeur et, même si elle en avait, il s'agit de ta lune de miel. C'est égoïste de t'attendre à ce que ton frère mette sa vie entre parenthèses pour te dépanner parce que tu ne supportes pas l'idée d'être coincé une semaine entière avec une femme en tout bien tout honneur. Si tu as des besoins à satisfaire, sois discret. Ça ne dérangera pas Helena.

Leander étouffa un juron, tiraillé entre l'envie de prendre la fuite et celle de passer Kate par-dessus son épaule et la sortir de chez lui sans ménagement, tant l'idée de la supporter une minute de plus lui était intolérable.

— Parce que tu t'imagines que c'est simplement un problème d'abstinence ?

— Dans ton message, tu as dit à Leo avoir « eu un truc imprévu » et « devoir t'absenter ». Venant de Leander le Séducteur, cette interprétation est logique.

Ce surnom attribué par les tabloïds n'avait jamais dérangé Leander. Au contraire, il le trouvait pratique. Grâce à lui, les femmes savaient à quoi s'en tenir. Il pouvait profiter de brèves liaisons sans attentes de leur part.

Kate s'efforça de garder les yeux sur son mobile afin d'éviter la vision de Leander à moitié nu imprimée sur ses rétines. Sa persistance était d'ailleurs bizarre car, au cours de la semaine passée chez les Liassidis du temps où il ne lui battait pas froid, elle l'avait vu en maillot de bain à maintes reprises. Sa semi-nudité d'alors ne lui avait évoqué qu'un simple « C'est un sacré beau gosse », or à présent cette même vision lui faisait naître des papillons dans le ventre...

Sentant son regard noir lui brûler la peau, elle lança :

— S'il ne s'agit pas d'abstinence, quel est le problème ? Tu m'as dit toi-même qu'un mariage blanc avec Helena ne te dérangeait pas.

Leur conversation de l'époque lui revint à l'esprit. Lorsqu'elle lui avait demandé :

— Que gagnes-tu à ce mariage avec Helena ? D'accord, elle est obligée d'en passer par là au plus vite, et je sais pourquoi elle t'a choisi, mais...

Il l'avait interrompue :

— Et pourquoi donc ?

— Parce que tu es son second meilleur ami.

— Pas le premier ?

— Non, ce privilège me revient, avait-elle répliqué en riant.

Il lui avait adressé un sourire éclatant de blancheur.

Et Kate avait insisté :

— Elle t'a demandé ce service parce que tu n'as aucune attache ni l'intention de te marier.

— Ah bon ? Je pourrais pourtant le faire *réellement*, un jour.

Consciente de sa réputation de play-boy amplement méritée, elle l'avait taquiné :

— Si tu rencontres la femme de ta vie ?

— Comme c'est romantique de la part d'une femme qui veut épouser un orang-outang, avait-il rétorqué sur le même ton. La vie est faite pour être pleinement vécue, pas pour être ligoté à jamais. Toutefois, je m'imagine bien vouloir des enfants, un jour. Si cela arrive, j'envisagerai le mariage... pour une durée limitée. Helena a besoin de l'argent de son héritage et ne veut pas accepter le mien. Alors, pourquoi pas ? Ça ne me dérange pas. Je serai en couple quelques mois tout au plus et, une fois la succession liquidée, nous nous séparerons.

Kate ne comprenait pas pourquoi, à la suite de cette conversation, Leander avait paniqué le matin du mariage. Qu'il se montre si blasé un jour et prenne ensuite la fuite n'avait aucun sens.

Le silence soudain de Kate parut de mauvais augure à Leander. Inquiet de ce qu'elle était capable de mijoter, et plus encore de l'effet que sa présence avait sur lui, il décida d'utiliser sa réputation à son avantage.

— Tu sais quoi, Kate ? Tu as raison. Il s'agit de mon insatiable appétit sexuel, et à mon retour en Grèce, je dirai à Helena que je compte avoir des maîtresses, en toute discrétion, bien entendu, jusqu'à ce qu'elle ait touché son héritage et que nous puissions nous séparer.

Kate releva aussitôt un visage souriant vers lui.

— Super. Alors, on peut partir, maintenant ?

— Toi, oui. En revanche, je reste, dit-il avant d'ajouter, un regard éloquent à l'appui : Mais vu que tu m'as mis d'humeur sensuelle...

Elle fronça le nez, exactement comme il s'y était attendu. Kate était la seule femme qui ne semblait pas le désirer. Elle ne lui avait même jamais donné l'impression de le voir en tant qu'homme.

— Tu es répugnant !

— La plupart des femmes me trouvent irrésistible.

— Alors, elles sont stupides.

Il haussa les épaules.

— Si tu ne souhaites pas me faire plaisir, j'ai parmi mes contacts quantité de femmes qui seront ravies de venir satisfaire mes besoins.

Une expression de dégoût sur le visage, elle haussa les épaules à son tour.

— Ne te gêne pas pour moi.

— Certaines de mes maîtresses ont tendance à être... Comment dire cela poliment ? À être un peu bruyantes.

— Qu'à cela ne tienne, je me boucherai les oreilles.

Bon, si cela ne la touchait pas plus, il allait devoir employer les grands moyens. Sortant alors son mobile de sa poche, il l'agita dans sa direction :

— Que de femmes prêtes à me satisfaire...

— Ta mère doit être très fière.

— Ma mère me comprend très bien.

C'était son jumeau qui ne le comprenait pas, ou refusait de le comprendre.

Se perchant sur le dossier du canapé à côté de la tête de Kate, Leander vit qu'elle jouait au Scrabble sur son téléphone, ce qui bizarrement le mit en fureur. Il fit alors défiler ses contacts.

— Qui devrais-je appeler ? Hettie ? Maggie ? Oh ! Gracie est à Santa Monica. Ce n'est pas loin. Qu'en penses-tu, Kate ? J'appelle Gracie ? C'est une fille d'une extraordinaire beauté.

Elle renversa la tête en arrière pour le regarder. Dans ce mouvement, une mèche de cheveux frôla son genou nu.

— Si tu la crois heureuse d'être convoquée pour être l'instrument de ton plaisir, appelle-la.

— Si tu restes assez longtemps, tu constateras que le plaisir est mutuel.

— Je resterai jusqu'à ce que j'arrive à te ramener en Grèce. Même si pour cela je dois utiliser ta provision de boules Quies.

— Je n'en ai pas de disponibles. Cela dit, cette discussion m'a donné faim. Si tu comptes te taper l'incruste, tu peux te rendre utile et me préparer une omelette.

— Non, merci. Je suis bien là où je suis.

Comme pour le lui prouver, elle ramena les yeux sur son écran.

Leander se paya le luxe d'un petit rire moqueur.

— Tu devras pourtant quitter ta place quand Gracie arrivera... à moins que tu veuilles regarder en plus d'entendre.

Kate bâilla ostensiblement.

— Te regarder faire l'amour est certainement fascinant.

— Ça peut durer des heures.

— Félicitations, tu devrais ajouter cela à ta signature électronique.

— Allons, il est impoli de se vanter, dit-il avant de se lever. Bon, j'appelle Gracie. Elle sera probablement ici dans l'heure. Aussi, si tu reviens à la raison et décides de ne pas compromettre ton job de rêve, compose le 1 sur l'Interphone, et mon chauffeur te conduira à l'aéroport. Je vais me préparer un déjeuner rapide.

— Merci de ne pas mettre d'oignons dans mon omelette.

— Si tu veux manger, tu devras aller ailleurs. Je ne te fournirai rien.

Imperturbable, elle répliqua :

— Pas grave, j'ai été affamée pendant mes cinq années de fac. De plus te voir et t'entendre faire l'amour me coupera à jamais l'appétit.

Leander serra les dents en se dirigeant vers la cuisine, plus décidé que jamais à faire partir Kate Hawkins de son sanctuaire.

Une fois certaine que Leander n'allait pas revenir sur ses pas, Kate posa son téléphone sur sa poitrine et ferma les yeux. Il la détestait visiblement et voulait la voir filer au plus vite. Pas de chance, elle avait toujours honoré ses promesses et ne comptait pas faillir à celle-ci. Sans Helena, elle n'aurait jamais survécu au pensionnat et, en conséquence, aurait dû fréquenter le lycée local connu pour son piètre niveau, ce qui l'aurait empêchée de devenir vétérinaire. Donc elle ne serait pas à une semaine de s'envoler vers l'Asie du Sud-Est afin de commencer son travail de rêve dans un hôpital pour orangs-outangs.

Kate avait été l'une des trois boursières admises dans ce pensionnat réputé, l'une des seules filles à ne pas passer ses vacances à Saint-Tropez, Klosters ou autre, où « papa et maman » possédaient une propriété. Les Hawkins passaient leurs vacances dans un complexe hôtelier milieu de gamme – toutes prestations comprises – en Espagne ou au Portugal, ce que les autres filles avaient trouvé hautement « pittoresque » au mauvais sens du terme.

Helena était différente. Elle n'accordait aucune importance au fait que les parents de Kate conduisaient des voitures d'occasion, vivaient dans une petite maison mitoyenne et ne se faisaient pas livrer par Fortnum & Mason. Leur amitié durait depuis quinze ans. Elles étaient aussi proches que deux sœurs et pouvaient toujours compter l'une sur l'autre. Donc, si Helena avait besoin qu'elle s'accroche à Leander Lissiadis telle une sangsue et ne s'en détache qu'une fois en Grèce, elle le ferait quel que soit ce qu'elle aurait à supporter. L'enjeu était trop important pour son amie.

Leander n'allait pas appeler la fameuse Gracie, ou toute autre jeune femme, d'ailleurs. C'était son intuition qui le lui disait. Cette même intuition qui l'avait prévenue de sa présence dans cette villa, à son arrivée devant le portail, et lui soufflait qu'il lui avait mis l'eau à la bouche avec son omelette pour la lui refuser ensuite, dans le seul but de lui faire prendre la clé des champs. La torture psychologique, c'était cela, sa stratégie. Kate décida donc d'ignorer son mépris affiché envers elle, de ravaler son orgueil et de tenir bon. Il était cependant triste que cet homme avec qui elle avait cru à un début d'amitié se révèle être un tel goujat.

Leander contempla son omelette au jambon et au fromage avec satisfaction – conscient de n'y avoir pas mis d'oignons exprès. Sa bonne odeur allait titiller les papilles gustatives de Kate et la faire saliver.

Mais il comptait bien l'affamer...

Après avoir sélectionné une bouteille de chablis dans sa cave à vins, il prit son plateau, quitta la cuisine dont il ferma la porte à clé. S'il avait trouvé étrange que l'ancien propriétaire ait muni de verrous toutes les portes de cette maison au design futuriste, une raison lui vint à présent à l'esprit. Ce monsieur avait dû voir son domicile envahi par une sorte de sangsue blonde du type de la sienne. Parfait, ces serrures lui étaient désormais utiles !

Leander, qui se réjouissait à l'avance de la tête de Kate à la vue du repas dont elle n'aurait pas une miette, vit cet espoir déçu en la trouvant endormie.

Bien malgré lui, il fut touché.

Allongée sur le dos, un bras frôlant le sol, son téléphone posé sur sa poitrine se soulevant régulièrement au rythme de sa respiration paisible, et ses cheveux encadrant son visage de lutin, elle n'avait plus rien de l'enquiquineuse débarquée une heure auparavant.

Soupirant afin de débloquer sa gorge soudain serrée, il s'installa dans un fauteuil à côté d'elle, persuadé que les arômes qui s'élevaient de son assiette étaient suffisamment puissants pour la réveiller.

Comme quelques minutes plus tard, elle dormait toujours, il alluma la télévision. Alors qu'il allait monter le volume, il commit l'erreur de jeter un coup d'œil à sa jeune entêtée.

Sa gorge se resserra aussitôt.

Leander avait été si déterminé à se débarrasser d'elle, qu'il avait ignoré les traces d'épuisement qui marquaient ses traits délicats.

Il éteignit la télévision et commença à manger son omelette sans avoir le cœur à ouvrir la bouteille de chablis. Au bout de trois bouchées, il reposa son assiette puis avança sur la pointe des pieds jusqu'au canapé. Tout en prenant garde de ne pas effleurer le décolleté de Kate, il prit délicatement le téléphone sur sa poitrine et le posa sur le tapis à côté de sa main pendante.

Comme ses doigts frémissaient, le souffle de Leander se suspendit.

Une étrange émotion le traversa.

Il se redressa alors, regagna son fauteuil et finit son déjeuner solitaire.

La silhouette sur le pas de la porte se détacha de l'ombre et s'avança vers elle. Seule une serviette ceinte autour des hanches dissimulait la nudité de l'homme. Plus il approchait, plus son insolente beauté se révélait. Et son visage. Elle sentit son pouls s'accélérer et ses lèvres s'entrouvrir alors qu'il abaissait lentement la tête. Glissant les doigts dans ses cheveux au noir de jais soyeux, elle gémit sous l'ardeur possessive de son baiser…

Kate se réveilla en sursaut. Son cœur battait à tout rompre. Ouvrant les yeux avec précaution, elle vit le dossier bleu nuit du canapé. Si sa main n'avait pas agrippé avec force le coton de son petit haut, elle aurait dû palper son corps pour s'assurer d'être encore vêtue.

Il lui fallut un temps fou avant de trouver le courage de tourner la tête.

Assis dans un fauteuil, Leander lisait. Une fine repousse de barbe ombrait sa mâchoire volontaire, et ses lèvres étaient serrées en une ligne fine.

— Quelle heure est-il ? marmonna-t-elle en luttant pour

chasser son rêve, mais soulagée qu'il ne lève pas la tête de son livre.

— 19 heures.

Ciel, elle avait dormi tout l'après-midi !

Posant les pieds au sol, elle demanda :

— Pourrais-tu me dire où se trouve la salle de bains, s'il te plaît ?

— Je crains que les facilités de la villa ne te soient pas accessibles.

Eh bien, si Leander le prenait sur ce ton, elle aussi pouvait jouer à ce petit jeu.

— Je vois. Tu préfères que je me soulage sur ton tapis ?

Sa repartie lui fit relever la tête. Kate aurait aimé qu'il s'en abstienne le temps que son rêve troublant se soit effacé de sa mémoire. Ce ne fut, hélas, pas le cas, et les lèvres qui quelques minutes auparavant avaient pris possession des siennes dans son sommeil se froncèrent de contrariété.

D'un mouvement du menton, il lui indiqua la porte par laquelle il était arrivé et lâcha d'un ton sec :

— Première à gauche.

Kate sortit.

En fait de salle de bains, il s'agissait d'un simple cabinet de toilette.

Une fois la porte verrouillée, elle s'adossa contre le mur et respira profondément. Malgré cela, son cœur battait encore furieusement lorsqu'elle se lava les mains avec un savon délicieusement parfumé et se passa un peu d'eau sur le visage. Mais il n'y avait pas que ses joues qui étaient enflammées. Ses sens l'étaient aussi, et une douce chaleur s'était répandue dans son intimité.

Au diable son rêve ! Il lui avait semblé si réel...

Après avoir enlevé le mascara qui avait coulé sous ses yeux, elle disciplina ses cheveux ébouriffés du bout des doigts. Cela n'arrangea pas vraiment son apparence. Ses traits trahissaient encore sa fébrilité intérieure.

Lorsque Kate regagna le salon, la température la surprit. L'explication lui sauta aux yeux. Toutes les baies vitrées face à l'océan avaient été ouvertes, laissant entrer la brise fraîche du soir.

Leander, toujours penché sur son livre, l'air concentré, ne donna pas signe de remarquer son retour.

Les battements du cœur de Kate se firent endiablés. Si elle avait pensé pouvoir effacer la vision de son corps à demi nu de ses rétines, son rêve avait mis fin à cet espoir.

3

Kate prit une profonde inspiration. Son rêve était extrêmement prégnant certes, mais ce n'était qu'un rêve. Il passerait. Probablement avant même la fin de la soirée. En attendant, pour aider Helena, elle se trouvait chez un homme qui la détestait. Force était donc de prendre son mal en patience et de mener sa mission à bien au plus vite.

Reprenant sa place sur le canapé, dont elle était certaine qu'il allait être son lit pour le temps de son séjour dans cette villa, elle lança :

— J'ai loupé la venue de Gracie, dirait-on.

— Tu as raté le meilleur, répondit-il sans lever les yeux de son livre.

— Elle ne doit pas être très bruyante si ses cris ne m'ont pas réveillée.

— Vu le degré sonore de tes ronflements, tu n'aurais pas pu entendre quoi que ce soit.

— Je ne ronfle pas.

— Comment pourrais-tu le savoir ? Pour info, on croirait entendre un phacochère.

— Quelle délicatesse !

À cet instant, une sonnerie brève retentit.

Leander referma son livre.

— Mon chef m'avertit que mon dîner est prêt.

— Je t'en prie, ne te gêne pas pour moi.

— Il m'a fait une moussaka.

Kate s'efforça de rester impassible. Elle en avait goûté pour la première fois lors de son séjour chez les Liassidis et avait adoré. Leander s'étonnant de son emballement pour ce plat si ordinaire à ses yeux, ils avaient entamé une discussion sur leurs goûts culinaires.

— Essaye de ne pas t'étrangler avec.

— Si cela arrive, tu me feras certainement la manœuvre de Heimlich. Ma mort n'arrangerait pas Helena.

— Je serais plutôt tentée de te laisser souffrir longuement avant de venir à ton secours.

— Très bien. Je ferai donc attention de bien mâcher avant d'avaler.

Et, sur un sourire ironique, Leander quitta le salon.

Quelques minutes plus tard, il était de retour avec un plateau sur lequel se trouvaient une assiette copieusement garnie, une énorme portion de dessert et un verre de vin plein à ras bord.

— Tu ne manges pas dans ta salle à manger ? demanda-t-elle.

— Quel genre d'hôte serais-je si je laissais mon invitée seule ?

Il s'assit alors dans son fauteuil, prit une gorgée de vin, puis entama son plat.

— Mmm... délicieux. Cette moussaka est encore meilleure que celle que nous avons mangée la semaine dernière.

Il goûta alors la salade de tomates, concombres, persil et menthe qui l'accompagnait et fit claquer ses lèvres en signe d'appréciation.

Entendre son estomac gargouiller bruyamment rappela à Kate qu'elle n'avait rien mangé depuis le matin, hormis un toast dans l'avion, ni bu quoi que ce soit à part une bière au bord de la piscine.

Le sourire de Leander se passait de commentaire. De toute évidence il avait entendu cette manifestation de faim. Il posa ses couverts sur son assiette, leva un doigt lui indiquant qu'il avait oublié quelque chose puis, soulevant son plateau d'une main experte, sortit une bouteille d'eau de la poche de son bermuda.

— Pour toi, déclara-t-il en la lui lançant. Mes invités doivent s'hydrater.

Kate l'attrapa avec un sourire.

— C'est vraiment trop gentil.

Elle remarqua alors qu'il s'agissait d'eau gazeuse.

— Infiniment gentil, ajouta-t-elle tout en la débouchant.

Les yeux plantés dans les siens, elle porta le goulot à ses lèvres et but une bonne moitié du liquide tout en s'efforçant de dissimuler son aversion. Leander savait pertinemment qu'elle détestait l'eau gazeuse.

Elle le regarda ensuite finir le contenu de son assiette et attaquer un gâteau au chocolat surmonté de crème Chantilly, avec une indifférence affichée, même lorsque son estomac trahit sa faim pour la quatrième fois. Tout en mangeant, il déclara :

— Il y a un excellent restaurant à deux kilomètres d'ici, dans une crique. On y sert essentiellement des fruits de mer, mais il est réputé pour ses desserts. Le chef fait une tarte au citron vert tout simplement extraordinaire.

— Ça a l'air bien.

— Ça l'est, répondit Leander avant de hausser les sourcils comme si quelque chose lui revenait subitement à l'esprit. Il me semble que tu ne savais dire si ton dessert préféré était le gâteau au chocolat ou la tarte au citron vert.

Il but une gorgée de vin avant d'ajouter :

— Ce restaurant est aussi connu pour sa cave.

— Je ne manquerai pas d'aller goûter leur cuisine si je reviens un jour dans ce coin du monde.

— Tu peux l'essayer maintenant, il ne ferme qu'à 23 heures.

— Non, c'est bon, répliqua-t-elle malgré une nouvelle trahison sonore de son estomac.

Leander eut un petit sourire entendu.

— La plupart des restaurants de Marina Sands arrêtent de servir à 22 heures, mais quelques enseignes de restauration rapide sont ouvertes vingt-quatre heures sur vingt-quatre. La nourriture y est acceptable et on y vend aussi de l'eau plate.

— Ça alors ! s'exclama Kate feignant la surprise. De l'eau plate ? Ça pourrait m'intéresser.

— Mon chauffeur est à ta disposition. Compose le 1 sur l'Interphone si tu as besoin de ses services.

Son dessert terminé, Leander ramena son plateau, puis revint avec une tasse de café à l'arôme si délicieux que Kate dut se retenir de bondir du canapé pour la lui arracher des mains.

L'heure de la vengeance sonna lorsqu'il inclina son fauteuil et alluma la télévision sur un film policier. Kate se mit alors à le distraire en bavardant de tout ce qui lui vint à l'esprit puis en accumulant les commentaires sur les tenues de protagonistes et l'invraisemblance de l'intrigue, ne laissant pas à Leander la possibilité de placer un mot.

Il la trouvait pénible ? Eh bien, elle était ravie de lui prouver à quel point elle pouvait l'être.

Moins d'une demi-heure plus tard, il releva son fauteuil puis annonça qu'il partait marcher sur la plage.

— Quelle bonne idée, répliqua-t-elle enthousiaste. Je t'accompagne.

Remarquant alors une lueur dans ses yeux, son intuition l'avertit qu'elle risquait de voir les baies vitrées se refermer dès qu'elle aurait mis un pied à l'extérieur. Pas question de prendre le risque de se retrouver à la porte.

— Tout compte fait, je vais rester ici.

Il disparut sans un mot dans l'obscurité.

Leander regretta de n'avoir pas pensé à enfiler un pull-over.

Si l'océan permettait à Marina Sands d'avoir des températures douces tout au long de l'année, les soirées étaient très fraîches.

Tout bien réfléchi, ce n'était pas plus mal que Kate ait renoncé à l'accompagner. La tentation de la jeter à l'eau aurait été trop forte. Mais, pour la jeter, il aurait dû la toucher. La toucher... Ce mot lui évoqua sur-le-champ le souvenir d'elle dansant dans son appartement d'Athènes, tenant un cocktail d'une main tout en agitant l'autre au-dessus de sa tête. Son ami Dimitri lui avait alors passé un bras autour de la taille puis plaqué une main sur son ventre plat. Elle avait poussé un petit cri, rit et...

Leander accéléra le pas.

Elle n'allait pas faire long feu chez lui. Comme il avait verrouillé toutes les portes intérieures, Kate serait confinée dans le salon où la température avait sérieusement baissé depuis qu'il avait ouvert les baies vitrées. Si elle tenait le coup jusqu'au matin avec pour seuls vêtements son short et son petit haut, elle serait gelée et affamée. Force lui serait de s'avouer vaincue et de partir.

Le temps que Kate referme toutes les baies vitrées, la chaleur avait disparu du salon. Sa recherche d'un châle ou autre chose à draper sur elle pour se protéger du froid s'avéra vaine. La seule porte non verrouillée de la maison était celle du cabinet de toilette. Elle y prit deux essuie-mains.

De retour dans le salon elle jeta un coup d'œil à la cheminée. Faute de savoir faire fonctionner son système électrique, elle appela. Leander devait avoir du personnel sur place.

Ses appels restant sans réponse, Kate composa le 1 sur l'Interphone.

Une voix grave demanda aussitôt :

— Où voulez-vous que je vous conduise, madame ?

— En fait, j'espérais que vous pourriez venir allumer la cheminée ou envoyer quelqu'un s'en charger.

— Je suis désolé, mais je n'ai pas le droit de faire cela. Je suis seulement autorisé à vous conduire à la destination de votre choix.

— Est-ce que vous m'emmèneriez en Angleterre ?

— Si vous me le demandiez, cela nécessiterait de prendre certaines dispositions, mais je ferais de mon mieux.

— Donc vous pouvez me conduire en Angleterre, mais pas m'allumer la cheminée ?

— Je suis navré, madame. Nous avons reçu des consignes.

Kate soupira.

— Merci, quand même.

Les mains enfoncées dans les poches de son short, elle fit le bilan. Elle grelottait, la faim la tenaillait, mais elle ne se laisserait pas abattre. Sa seule présence était insupportable à Leander, donc il y avait de fortes chances qu'il se lasse avant elle. Et le bon côté de la situation était que le froid avait enfin dissipé la chaleur née de son rêve.

Elle aurait simplement souhaité que ce rêve n'ait pas eu lieu. Leander n'avait pas à hanter son sommeil ! L'homme était hors limites car, même si Helena n'éprouvait aucun sentiment romantique pour lui et que leur mariage était une mascarade – et probablement pas légal dans la mesure où le mauvais jumeau avait prononcé les vœux et signé le certificat –, dans l'esprit de Kate, il appartenait à son amie.

En presque vingt-six ans de vie, elle n'avait jamais rêvé d'un homme. Même pas d'Euan, son petit ami à l'université. De toute manière, leur relation n'en avait pas été une véritable et avait pris fin brusquement au bout de deux semaines lorsque...

Les lumières extérieures s'allumèrent soudain.

Le cœur battant, Kate se précipita à sa place sur le canapé, replia ses jambes pour glisser les pieds sous ses fesses et les tenir au chaud, puis alluma son mobile.

Une baie vitrée coulissa.

Les battements de son cœur s'accélérèrent.

Leander s'approcha.

Dès la seconde où leurs yeux se rencontrèrent, elle sentit son souffle se suspendre.

Un sourire naquit lentement sur les lèvres de Leander.

— Tu es toujours là, je vois.

— Tes pouvoirs d'observation sont étonnants.

— Presque aussi étonnants que ta capacité à te torturer. Je laisse la baie vitrée déverrouillée afin que tu puisses sortir. Je vais me coucher.

— Tu n'appelles pas une de tes maîtresses pour te tenir compagnie ?

Kate ne sut ce qui lui avait pris de dire cela, mais sut en revanche qu'elle aurait mieux fait de se taire car la dernière chose à laquelle elle avait envie de penser était Leander en train de faire l'amour quand sa conscience de lui était déjà si intense.

Son sourire s'élargit.

— C'est déjà fait. Je laisserai la porte de ma chambre ouverte, tu pourras ainsi profiter du spectacle. Si tu as trop froid, mon lit est assez grand pour trois.

Quelle idiote d'avoir abordé ce sujet ! Il jubilait visiblement d'avoir marqué un point, et pour tout résultat un brasier venait de s'allumer au cœur de son intimité.

— Merci bien, je préfère encore me geler.

— C'est ce qui va t'arriver cette nuit sans chauffage ni couvertures. Souviens-toi, il te suffit de composer le 1 pour que mon chauffeur te conduise où tu veux.

Leander ne s'était pas couché aussi tôt depuis des années, ni ne s'était glissé sous ses couvertures en proie à une telle fureur. Ce genre d'émotion lui passait cependant assez vite. Son jumeau en revanche s'accrochait à la rancœur pour deux.

C'était lui, Leander qui avait distendu le lien entre eux, et

Leo qui l'avait entièrement coupé. Pendant les cinq dernières années, Leo s'était comporté comme s'il n'avait pas de frère, ignorant chacun de ses SMS. Il n'avait même pas répondu à son invitation au mariage.

Leander avait cependant toujours su que Leo ne lui refuserait jamais son aide s'il la lui demandait, tout comme dans une situation inverse lui ne lui aurait pas refusé la sienne.

Lorsqu'il l'avait appelé – passé le choc d'entendre sa voix, même brièvement pour l'inviter à lui laisser un message –, il n'avait eu qu'une idée en tête : s'éloigner aussi vite et aussi loin que possible de la Grèce et ne plus penser à personne. Or, depuis son arrivée en Californie il n'avait jamais autant pensé à son frère. Certes, il s'était toujours tenu au courant de l'évolution de la vie de Leo – et il savait cela réciproque –, mais autrement il ne réfléchissait pas à leurs rapports. C'était sa manière d'ignorer la blessure en son cœur.

Lors de cette première prise de contact en cinq ans, c'était la jeune femme présentement couchée sur son canapé qui lui obscurcissait l'esprit.

Et elle continuait à le faire !

Maudite soit-elle.

Maudite soit-elle d'être... Kate jusqu'au bout des ongles.

Il n'y avait qu'elle pour considérer son séjour – indésirable – comme un jeu sans qu'aucune de ses règles dures ne la perturbe.

Résultat, il avait le cerveau en ébullition, et son rythme cardiaque refusait de s'apaiser.

À minuit, Leander ne dormait toujours pas. Si Kate s'obstinait à rester, elle risquait de tomber en hypothermie alors qu'il lui avait offert le moyen de partir. Il lui aurait suffi de passer un coup de fil pour rejoindre le confort de son avion. Elle n'avait nul besoin de s'imposer cette souffrance inutile, bon sang !

Blottie aussi profondément que possible sur le canapé, genoux remontés contre la poitrine, une petite serviette de toilette enroulée autour de ses pieds, l'autre autour de ses bras, Kate n'arrivait pas à s'arrêter de trembler. Elle avait si froid que même ses élancements de faim s'étaient mis en hibernation.

Au moins, elle n'avait pas soif car, après avoir quitté le salon, Leander était revenu lui apporter deux bouteilles d'eau avant de disparaître à nouveau sans lui jeter un regard. Naturellement, c'était de l'eau gazeuse.

Aussi difficile qu'il lui soit de l'admettre, elle ne pensait pas pouvoir tenir beaucoup plus longtemps. Il était déjà 2 heures du matin et, malgré sa longue sieste, elle était toujours épuisée mais le sommeil refusait de venir. Elle avait simplement trop froid. Que d'heures encore à souffrir avant que le soleil se lève et réchauffe la vaste pièce…

Ce n'était toutefois pas seulement le froid qui chassait le sommeil et rendait l'idée de composer le 1 sur l'Interphone de plus en plus tentante.

Ses pensées la torturaient aussi.

Chaque fois qu'elle fermait les yeux, son rêve dansait derrière ses paupières, son pouls s'accélérait et sa peau glacée devenait fébrile. Ses tentatives de le chasser échouaient en quelque sorte car son esprit le remplaçait avec les souvenirs des bons moments partagés avant que Leander ne devienne distant.

Qu'avait-elle donc bien pu faire pour provoquer ce changement ? Dans le calme de la nuit froide, cette question revenait sans cesse.

Kate n'avait pas le sentiment de s'être comportée différemment d'un jour à l'autre. C'était lui qui lui avait tourné le dos au lendemain de leur soirée à Athènes. Elle se souvenait avoir dansé jusqu'au bar où il préparait des cocktails. Il avait dansé avec elle tout en agitant le shaker au rythme de la musique, lui avait rempli son verre et lui avait adressé un salut militaire. En réponse, elle lui avait envoyé un baiser qu'il avait attrapé au vol et plaqué sur sa joue. Quelques heures plus tard, elle l'avait trouvé penché au-dessus de l'îlot dans la cuisine, et depuis il lui battait froid.

À bout de nerfs, Leander se leva et descendit au salon. Kate avait dû entendre ses pas dans l'escalier car il la vit lever la tête à son entrée.

— As-tu fait vœu de mourir sous mon toit ? demanda-t-il en allumant la lumière.

Elle se tourna aussitôt vers le dossier, si profondément blottie sur le canapé qu'elle semblait s'y fondre.

Il remarqua alors la petite serviette de toilette enroulée autour de ses pieds, et son cœur se serra.

— Pourquoi ne pars-tu pas au lieu de supporter tout ça ? Que cherches-tu à prouver ?

Face à son dos résolument tourné, il s'échauffa au point de crier :

— Tu crois que te voir en hypothermie me fera changer d'avis ? Tu crois qu'Helena serait heureuse de te voir endurer le froid et la faim pour elle ?

Irrité à présent de ne recevoir ni réponse ni réaction, Leander lâcha un juron en grec avant de remonter l'escalier en trombe.

Kate entendit une porte claquer à l'étage et réprima un sanglot.

Elle aurait voulu crier elle aussi, lui rappeler sa promesse à Helena, mais le rythme endiablé de son cœur l'avait empêchée de parler.

Le voir apparaître sur le pas de la porte, si beau dans la lumière tamisée et vêtu d'un simple boxer comme dans son rêve, l'avait frappée de stupeur. Puis les mots cruels étaient sortis de sa bouche, la poussant à réaliser que, plus que ne pas l'aimer, il la haïssait.

L'affrontement de leurs deux volontés, qui jusque-là lui avait presque paru être un jeu, avait un goût différent à la lumière de cette haine à l'allure si viscérale.

Les pas se firent à nouveau entendre dans l'escalier.

À sa grande surprise, Leander traversa la pièce et déposa un volumineux paquet à l'extrémité du canapé. Prenant alors un T-shirt manches longues au sommet, il le lui lança.

— Enfile ça, dit-il avant de lui indiquer le reste. Tu as là une couette et un oreiller. Installe-toi plus confortablement.

Là-dessus, il tourna les talons et sortit.

Stupéfaite de ce geste inattendu, Kate secoua la couette avant de la ramener sur elle, cala l'oreiller derrière sa tête, puis ôta son petit haut. Prenant soudain conscience de la morsure des bretelles de son soutien-gorge sur sa peau, elle le dégrafa et enfila le T-shirt noir, humant avec délice son odeur d'assouplissant et appréciant sa chaleur.

Alors que sa tête émergeait du col, tout en tirant le tissu sur son ventre, elle vit Leander debout sur le seuil du salon, aussi immobile qu'une statue, un verre en cristal rempli d'un liquide ambré à la main.

Une onde brûlante se déversa dans les veines de Kate. Le temps se suspendit. Pendant d'interminables secondes, son regard s'attarda sur le torse bronzé au léger duvet sombre de Leander, puis glissa sur ses abdominaux au relief sculpté et son ventre plat avant de remonter jusqu'à son visage. Ses yeux mémorisèrent chaque détail de son corps superbe.

Elle vit sa gorge remuer, comme s'il déglutissait, ses narines frémir, puis ses lèvres se serrer en une ligne si fine qu'elles semblèrent disparaître.

Dans l'instant suivant, ce fut lui qui disparut, comme avalé par l'obscurité du couloir, puis ses pas résonnèrent dans l'escalier.

4

Leander avala son whisky d'un seul trait.

Cela ne parvint à apaiser ni son pouls pris de folie, ni son esprit en proie à une fébrilité grandissante depuis l'instant où, sans avoir eu l'intention d'être indiscret, il avait surpris Kate en train d'enfiler *son* T-shirt.

La vue de sa poitrine ferme et plus volumineuse que sa petite silhouette ne laissait l'imaginer – même s'il ne s'était jamais autorisé à l'imaginer – avait eu un effet aussi immédiat qu'intense sur son corps.

L'alcool s'avérant inefficace, le seul moyen d'y remédier était une douche.

Après avoir réglé la température au plus bas, Leander se tint sous le jet froid, endurant stoïquement la morsure de l'eau sur sa peau échauffée.

Hélas, la vision subsistait, et avec elle le désir de goûter ne serait-ce qu'une seule fois à ce fruit défendu. Mais cela n'aurait pas lieu...

Son idée première avait été d'ouvrir une chambre d'amis à Kate. Se rendant aussitôt compte que la savoir à quelques mètres de la sienne lui serait insupportable, il avait emporté la couette. S'il n'avait pas pris dans la lancée un de ses T-shirts, elle ne se serait pas déshabillée, et lui se serait enfin endormi la conscience en paix.

À présent, trouver le sommeil lui semblait impossible. Lorsqu'il parvenait à ignorer la vision de ses seins nus, celle de son regard, fixé sur lui après qu'elle l'avait aperçu sur le seuil, la remplaçait.

Un regard qu'il avait déjà vu tant de fois qu'il y prêtait à peine attention. Mais il ne l'avait jamais vu venant de Kate, ce qui rendait la situation encore plus difficile.

Frissonnant, il attrapa une serviette, se frictionna et retourna se coucher.

La fatigue et l'afflux d'émotions finirent par avoir raison de ses pensées agitées, mais Leander ouvrit les yeux dès le premier rayon de soleil. Le souvenir de la poitrine de Kate et de leur dernier regard échangé s'imposa alors à lui.

Il devait aller surfer. Une fois évacués les visions et le besoin qui le rongeaient, son esprit combatif reviendrait et il serait alors capable de déloger son intruse. À condition qu'un tel regard ne passe plus entre eux...

Leander descendait l'escalier sur la pointe des pieds avec l'intention de sortir par la buanderie quand, sur une impulsion, il pénétra dans ce qui était devenu le domaine de Kate.

Elle dormait en chien de fusil sous la couette, dos à la porte.

En un éclair, sa gorge se serra douloureusement.

Tournant les talons, il s'éclipsa.

Lorsque Kate ouvrit les yeux, sa première vision fut le souvenir de Leander figé sur le seuil du salon, la fixant pendant ce qui lui avait paru être d'interminables secondes avant qu'un profond dégoût imprègne ses traits.

Cette expression l'avait tant perturbée que son sommeil en avait été haché. Et elle resterait probablement imprimée à jamais dans sa mémoire.

Être une nuisance, elle pouvait le gérer, mais être haïe ?

C'était beaucoup plus douloureux qu'elle ne l'aurait cru. Kate n'avait jamais été haïe auparavant, pas même par les filles du pensionnat qui avaient pris un malin plaisir à la snober ou à se moquer d'elle. Aussi, sentir cette haine de la part de l'homme charmant, amusant et attentionné qui l'avait fait rire si fort et dont la compagnie lui avait été si agréable, lui causait un immense choc.

Sa récente conscience aiguë de lui – qui ne semblait, en plus, pas près de vouloir disparaître – ne l'aidait pas. Si, lors de son séjour sur l'île des Liassidis, la beauté de Leander l'avait en quelque sorte laissée indifférente ou plus précisément n'avait pas donné lieu à une attirance physique, son rêve, en revanche, avait changé sa perception de lui. Elle ne le voyait plus comme un simple beau gosse, mais comme un homme dont la virilité éveillait en elle un irrépressible désir.

Kate s'assit au bord du canapé. Se mettre dans tous ses états ne servait à rien. Peu importait la haine de Leander à son égard, sa mission était de le ramener en Grèce avant que son jumeau ne trahisse la supercherie, et à temps pour rentrer en Angleterre se préparer à entamer la nouvelle vie pour laquelle elle avait tant travaillé. Au vu de son ascension fulgurante et de la manière dont il la traitait depuis son arrivée à Marina Sands, Leander était impitoyable. En ce qui la concernait, son entêtement, renforcé par son amour et sa loyauté envers Helena, lui permettrait de venir à bout de lui avant qu'il ne la brise moralement. Pour ce faire, force était de réviser sa stratégie. Tant qu'elle garderait fermement son objectif en tête et réprimerait son tumulte intérieur, elle réussirait.

L'esprit plus clair, Kate se rendit dans le cabinet de toilette. Une surprise l'y attendait. Une brosse à dents et un tube de dentifrice avaient été posés sur la tablette au-dessus du lavabo à son intention.

Elle fixa les deux objets tout en se frottant distraitement la lèvre inférieure, tandis que son cerveau passait en revue les diverses explications à leur présence. Leander était-il en train de s'adoucir ? Se sentait-il coupable ? Avait-il perçu son haleine et décidé que c'était le seul confort qu'il lui offrirait ? Ces objets venaient-ils de lui ou bien un membre de son personnel les avait-il placés là par souci de son hygiène buccale ?

Inutile de se poser de question, décida-t-elle. Sur ce, elle étala la pâte mentholée sur la brosse à dents.

Une fois ses dents brossées et le reste de son corps nettoyé du mieux possible avec le savon et la serviette mis à sa disposition, Kate retourna dans le salon, le cœur plus léger.

Appuyant le front sur la baie vitrée, elle regarda dehors. Le mouvement des arbres et les crêtes blanches qui surmontaient les vagues au loin suggéraient une forte brise. L'envie la saisit de sentir le vent sur sa peau.

Peut-être était-ce aussi le besoin de fuir le silence de la maison, identique à celui qu'avait laissé Leander la veille au soir en partant marcher sur la plage.

Quoi qu'il en soit, elle fit coulisser la baie vitrée, mais resta de longues secondes debout sur le seuil, l'oreille tendue, s'attendant presque à ce qu'un membre du personnel bondisse pour la pousser dehors et la bloquer à l'extérieur, mais le silence persista.

L'océan était tout sauf calme. Lorsqu'elle s'approcha timidement de la balustrade pour le contempler, Kate aperçut un surfeur chevauchant ce qui lui semblait être des vagues gigantesques.

Après avoir passé Dieu sait combien de temps à l'observer, fascinée, un soupir de son cœur lui indiqua qui était le surfeur. Un soupir qui se coinça brusquement dans sa gorge quand, alors qu'il semblait voler au sommet d'une vague d'au moins dix mètres de haut, celle-ci grandit encore et l'engloutit.

Un gémissement plaintif s'échappa de ses lèvres. Le seul

mouvement dont son corps soudain figé fut capable, fut de croiser les doigts.

Les battements de son cœur, lorsque Leander réapparut enfin, les pieds bien plantés sur sa planche, les genoux fléchis, les bras tendus, surfant encore sur la vague au moment où elle venait se briser sur la plage, furent si puissants qu'elle manqua défaillir.

Presque étourdie de soulagement, Kate mit un long moment à réaliser qu'il avait sauté de la planche, la portait sur le sable et... avait le regard fixé dans sa direction !

Elle se hâta de rentrer, puis attendit.

Mais Leander ne se montra pas.

Après avoir arpenté le salon, elle voulut allumer la télévision. S'apercevant alors que les télécommandes avaient disparu, elle se rabattit sur son mobile pour se distraire. Pas de chance, la batterie était sur le point de mourir, et son chargeur était resté dans l'avion.

Sans rien pour s'occuper l'esprit, Kate alla se planter devant la baie vitrée et fixa longuement l'océan puis le jardin. Les seuls mouvements étaient ceux des branches d'arbres qui s'agitaient en tous sens sous l'action du vent qui s'était intensifié. Leander n'y était pas. Il était dans la villa et l'évitait comme si elle avait la peste.

Comme tactique pour lui abattre le moral, c'était efficace. Kate n'était pas habituée à n'avoir que ses pensées pour compagnie. D'ordinaire, son cerveau était toujours occupé et il y avait des bruits de fond, que ce soient les voix de sa famille, des filles du pensionnat, d'Helena ou de sa colocataire à l'université. Elle avait depuis longtemps appris l'art de bloquer les sons pour pouvoir se concentrer sur ses études. Hélas, ici, il n'y avait aucun bruit à bloquer et rien d'autre pour remplir son esprit que la pensée de l'homme qui l'évitait activement, la faisant se demander encore et encore ce qu'elle avait pu faire pour le pousser à la haïr.

Les souvenirs des jours passés sur l'île avec lui et Helena ne cessaient de lui revenir. Des jours insouciants, dont elle savait en les vivant qu'ils faisaient partie des meilleurs de sa vie. Leander avait rendu ces jours spéciaux… en étant tout simplement lui-même.

Où était cet homme, à présent ? Non pas le corps physique qui l'enveloppait, mais l'homme sociable, amusant et si attentionné. Qu'avait-elle fait pour provoquer un tel changement d'attitude de sa part ?

Bien après le coucher du soleil, ses oreilles exercées à reconnaître les moindres sons troublant le profond silence environnant, perçurent le bruit de pas feutrés. Dans la minute suivante, Kate accueillit d'un air nonchalant, malgré son pouls subitement emballé, l'entrée de Leander dans le salon, un verre de whisky – à en juger par la couleur du liquide – à la main.

Il avait délaissé ses tenues habituelles décontractées pour un costume gris sombre, probablement fait sur mesure pour épouser si élégamment son grand corps musclé. La blancheur éclatante de sa chemise, dont les premiers boutons étaient ouverts, faisait ressortir le doré de sa peau. Ses joues étaient fraîchement rasées et ses cheveux disciplinés.

L'odeur de savon et d'eau de toilette la frappa. Une odeur qui la renvoya une semaine auparavant. Au moment où ils montaient dans l'hélicoptère qui devait les emmener à Athènes, elle avait senti exactement la même et s'était gaiement exclamée : « Dieu, comme tu sens bon. » À quoi il avait répondu en souriant : « Meilleur que l'orang-outang que tu vas épouser, j'imagine. »

Le cœur de Kate se serra au souvenir de cet échange léger et de leur amitié d'alors.

Ses yeux sombres fixés sur elle, il porta son verre à ses lèvres. Ce mouvement découvrit les fins poils noirs sur son poignet. Pour une raison inexplicable, elle sentit son cœur se serrer davantage.

— Je sors, lâcha-t-il de sa voix profonde.

Même si sa tenue laissait deviner une soirée à l'extérieur, cette information la peina. Après s'être éclairci la gorge, elle demanda :

— Où vas-tu ?

— Ça ne te regarde pas.

Kate tressaillit sous le camouflet. Que de haine ! Sa présence lui était-elle insupportable au point de le faire fuir son refuge ?

— C'est dangereux, les gens vont te reconnaître, réussit-elle à dire d'un ton indifférent.

Leander haussa les épaules et but une gorgée de son troisième whisky de la soirée. Une soirée qui pourtant débutait à peine.

— Personne ne me connaît ici, à Marina Sands. Pour les locaux, je ne suis qu'un gars fortuné qui aime le surf.

Et, même si les gens savaient qui il était dans ce petit coin de Californie, il était prêt à prendre le risque car il ne pouvait passer une seule minute de plus à essayer de se convaincre que la sylphide Kate Hawkins au visage de lutin n'était pas installée dans son salon, à observer les murs entre lesquels il l'avait confinée, affamée...

Elle était responsable de sa faim, puisqu'il ne l'avait pas invitée, et avait de la chance qu'il lui fournisse de l'eau. Elle pouvait partir à n'importe quel moment de son choix.

Et lui aussi.

Sortir ne présentait aucun danger. Il avait choisi Marina Sands pour le surf et la vue sur l'océan. Si quelqu'un de son monde le voyait dans un club de cette ville, si insignifiante que son nom était à peine connu en dehors des environs immédiats, il supposerait qu'il s'agissait de Leo. Ce serait l'hypothèse naturelle dans la mesure où ceux qui connaissaient Leander Liassidis le savaient en lune de miel. Son humeur sombre lui permettait de se faire passer pour Leo sans le moindre effort.

Chassé de son propre foyer par une femme qui faisait la moitié de sa taille, c'était risible, tout de même.

Ou bien devrait-il dire chassé de son propre foyer parce que cette femme à moitié moins grande que lui le rendait fou ? Il devait d'ailleurs être fou pour avoir demandé à son personnel de lui fournir du dentifrice. Son hygiène buccale aurait dû lui être indifférente. Le bienfait de son surf matinal, écourté par les rafales de vent, avait disparu lorsqu'il avait levé les yeux sur sa silhouette en train de le fixer depuis la terrasse.

Avec le temps au diapason de son humeur, et faute de pouvoir se plonger dans le travail pour distraire son esprit de la femme exaspérante qui s'était incrustée chez lui, puisqu'il était censé être en lune de miel, Leander s'était vu obligé de passer la journée dans sa salle de sport, le seul endroit où il puisse épuiser son corps sur la succession d'appareils et évacuer sa frustration.

Maudite soit Kate Hawkins – et ses yeux vert jade pétillants – de ne pas avoir la grâce de dégager du sanctuaire où il s'était réfugié !

Mais en cet instant ses yeux avaient cessé de pétiller. Même à trois mètres d'elle, il voyait l'émotion qui jaillissait d'eux.

La seule personne qui l'avait jamais regardé avec quelque chose d'approchant cette émotion était son jumeau.

Il détourna les yeux.

— D'accord, mais que se passera-t-il si on te reconnaît ?

Bon sang, elle n'abandonnait jamais ! Sa décision fut prise en un éclair. Il allait appeler son pilote et fuir une nouvelle fois. C'était ce qu'il aurait dû faire au moment où il avait réalisé que Kate ne le lâcherait pas avant de l'avoir ramené à Helena.

— Mon emploi du temps n'est pas sujet à débat, répliqua-t-il d'un ton glacial. Je t'en informe par pure courtoisie. Aussi, laisse-moi te rappeler que, si tes neurones déficients finissent par reconnaître que tu ne gagneras pas, tu peux toujours composer le...

Une petite main lui agrippa le poignet avant qu'il puisse finir de répéter son mantra sur l'Interphone.

— Pourquoi es-tu si cruel avec moi ? demanda-t-elle avec une colère palpable. Qu'ai-je fait pour que tu me haïsses à ce point ?

Pris au dépourvu par la rapidité avec laquelle elle s'était jetée sur lui, et pas préparé à voir autant de douleur mêlée à la colère dans ses yeux, Leander dut faire appel à toute sa volonté pour dire d'un ton froid :

— Lâche-moi, Kate.

— Pas avant que tu me répondes.

Fixant son regard sur un tableau abstrait sur le mur, les dents si serrées que sa mâchoire en était douloureuse, il se contenta d'un :

— Lâche mon poignet, Kate. Je ne le répéterai pas.

— Il te serait facile d'enlever ma main, mais tu ne me toucheras pas, n'est-ce pas ? J'ai sur mon téléphone un tas de photos de toi en train de sourire et de rire avec moi, et maintenant tu n'arrives même pas à me regarder. Pour l'amour de Dieu, réponds-moi. Qu'est-ce que j'ai fait ?

La chaleur de la main de Kate pénétrait la peau de Leander, ses veines, se répandant dans son corps en un flot incandescent difficilement supportable. Il trouva cependant la force de remuer les lèvres.

— Tu n'as rien fait.

— Si tu dois me mentir, aie au moins la courtoisie de me regarder en le faisant.

Plus que cette injonction, ce fut la douleur contenue dans sa voix qui l'incita à ramener les yeux sur elle.

— Nous étions amis, Leander. Ces jours que nous avons passés ensemble ont été parmi les meilleurs de ma vie. Tu t'es démené pour me faire me sentir bienvenue et acceptée dans la maison de ta famille. Tu as veillé sur moi, m'as escortée aux toilettes dans cette boîte de nuit à Athènes afin que je ne me fasse pas harceler par des hommes ivres. Alors, je t'en prie, ne me dis pas que je n'ai rien fait quand…

Comme, d'un geste brusque, Leander se dégageait de sa poigne et lui capturait les joues entre ses mains, Kate interrompit son assaut verbal plein d'émotion. Toute froideur avait disparu des yeux de son tourmenteur, qui la dominait, la fixait sans ciller.

— Tu n'as rien fait, répéta-t-il avec dureté.

Une dureté que démentait son regard à l'intensité brûlante, tandis que son visage s'abaissait lentement vers le sien.

— Rien fait qu'être toi.

Prisonnière de son regard en fusion, le cœur battant la chamade, les sens de Kate s'enflammèrent.

Il la pressa alors contre lui. Elle sentit le bout de ses seins durcir au contact de sa veste de costume, puis le sol se dérober sous ses pieds.

Elle eut l'impression de sombrer…

Leurs visages étaient si proches que le souffle haché de Leander lui caressait les lèvres.

Soudain, après un gémissement guttural que Kate n'aurait pas perçu si elle n'avait pas été autant sur le qui-vive, il la lâcha brusquement.

Le temps qu'elle retrouve ses esprits, il avait traversé le salon, ouvert la baie vitrée et disparu.

S'élançant alors à sa poursuite, elle le vit franchir le portillon qui, à l'extrémité de la terrasse, menait à l'allée. Le vent le claqua derrière lui avec fracas.

— Que voulais-tu dire par « qu'être moi » ? cria-t-elle pour couvrir le bruit de la tempête.

N'obtenant aucune réponse, elle hurla son nom tout en fonçant pieds nus à travers la terrasse. Quelques secondes plus tard, alors que ses doigts bataillaient avec le loquet, de frustration, Kate donna un coup de pied dans la paroi en verre du portillon.

Leander était déjà à mi-chemin de l'allée lorsqu'elle parvint à l'ouvrir. Entre la douleur lancinante dans son orteil, l'afflux d'émotions et son incapacité à détacher le regard de sa silhouette qui s'éloignait, Kate ne regardait pas où elle mettait les pieds. Elle courait, continuait de crier son nom bien que sachant que la tempête l'empêchait de l'entendre et soudain, glissant sur une dalle, elle perdit l'équilibre et s'étala de tout son long.

5

Ignorant les appels de Kate, Leander se hâta. Il devait quitter la Californie au plus vite. Pour aller où ? Il n'en avait encore aucune idée, mais le lieu importait peu. Une chose seule comptait : s'éloigner de cette diablesse qu'il avait été à deux doigts d'embrasser.

Le désir lui avait totalement fait perdre la tête, et il continuait de livrer une bataille serrée avec sa raison tant son envie était grande de revenir sur ses pas, la soulever dans ses bras et l'emmener droit dans son lit pour la faire sienne.

Devant sa voiture, son chauffeur lui tint à deux mains la porte ouverte pour empêcher le vent de l'arracher.

Au moment d'y monter, Leander commit l'erreur de tourner la tête.

Kate était rapide. Elle aurait déjà dû atteindre la courbe de l'allée et être en vue.

Lorsque Kate se trouva à bout de jurons anglais, elle marmonna tous ceux que Leander lui avait appris en grec du temps où il ne la considérait pas comme son ennemie jurée, afin de combattre son besoin de laisser libre cours à ses larmes.

Ce jour devait être le pire de sa vie, aussi horrible que celui où elle avait appris son échec à l'unité finale de son premier module universitaire, ce qui avait fait baisser sa note globale et empêché la validation du module entier. Un échec cuisant qui lui avait prouvé que relâcher, même un tant soit peu, son attention lui était désormais interdit. Elle avait donc mis fin sur-le-champ à sa relation naissante avec Euan et s'était plongée dans ses études. Après avoir repassé l'évaluation, elle avait vécu des semaines angoissantes en attendant les résultats. Un nouvel échec aurait signifié son expulsion de la faculté et la fin de ses rêves. Tous ses sacrifices, et ceux qu'avait faits sa famille pour elle, auraient été vains.

Même si ce jour différait de celui de son échec, elle se sentait aussi démoralisée. La faim la tenaillait, et elle était épuisée au physique comme sur le plan émotionnel. Leander avait pris le contrôle de son âme, la transformant en marionnette incapable de lui résister.

Le nier était inutile, en sentant ses grandes mains autour de ses joues et son souffle sur ses lèvres, elle avait attendu son baiser de tout son être. Kate était tombée amoureuse de Leander, l'homme censé jouer le rôle du mari de sa meilleure amie, et qu'elle avait été chargée de ramener en Grèce. Celui qui pendant une merveilleuse semaine avait illuminé son existence.

Or, voilà qu'elle se retrouvait assise sur ces fichues dalles dans le noir, au cœur d'une tempête, avec un genou écorché, sans savoir s'il fallait d'abord sécher ses larmes ou nettoyer le sang qui coulait de sa blessure.

Les lumières extérieures se rallumèrent au moment même où une grande silhouette apparaissait dans l'allée et où les premières gouttes de pluie s'écrasaient sur son visage.

La gorge de Kate se serra tandis qu'elle essayait de ravaler ses larmes. Il était hors de question de lui donner le plaisir de la voir pleurer.

Lorsque Leander s'accroupit à ses pieds, elle prit conscience de sa propre position humiliante. Elle se sentit dans la peau d'une gamine maladroite avec son genou ensanglanté. Cela ne remonta en rien son moral.

— Va-t'en, grommela-t-elle en plaquant une main sur sa blessure.

— Tu es blessée ? Que t'est-il arrivé ?

Comment diable osait-il feindre de s'inquiéter ?

— J'ai trébuché.

— Laisse-moi regarder.

— Pour quoi faire ? Vérifier de visu ?

Après s'être relevée d'un bond, Kate clopina dans la descente vers la voiture, tandis que la pluie se mêlait au sang ruisselant le long de sa jambe. Elle ne savait pas ce qui était le plus douloureux de son genou, son orteil, son orgueil perdu ou son cœur meurtri.

Elle était tombée amoureuse de Leander, et il la haïssait. C'était cela qu'il avait voulu dire par « être toi », il la haïssait d'exister.

— Où vas-tu ?

— Je rentre chez moi. Tu as gagné.

Kate ne pouvait plus continuer à présent. Il retournerait en Grèce lorsqu'il l'aurait décidé, pas avant. Rester revenait à mourir d'inanition et très probablement s'exposer à une blessure bien plus profonde et durable qu'un genou écorché.

— Tu peux dire à ton chauffeur de me ramener à l'aéroport.

— Attends, Kate. Tu dois te soigner d'abord. Je vais...

Fulminant, elle se retourna pour lui lancer :

— Tu vas faire quoi ? Frotter mon genou avec du sel ? Non, merci. Je préfère prendre le risque qu'il s'infecte plutôt que de rester une minute de plus près de toi et de ta haine. Alors, fiche-moi la paix !

Dans la seconde suivante, Leander l'avait soulevée dans ses bras et remontait la pente à grands pas.

— Tu n'iras nulle part par ce temps et dans cet état.

— Je suis capable de marcher, rétorqua-t-elle, lui décochant un coup de talon pour faire bonne mesure.

Pour toute réponse, sans la lâcher, il ouvrit le portillon puis raffermit sa poigne autour d'elle en s'engageant sur la terrasse sous la pluie qui à présent tombait dru sur eux avec le vent qui leur fouettait le visage.

Kate gigota du mieux qu'elle pouvait malgré la main de Leander qui maintenait avec fermeté ses cuisses contre lui.

— Pose-moi, maintenant.

— Pas question. Tu es sortie sans chaussures et le sol est couvert de débris de toutes sortes. Tu as envie de t'ouvrir un pied en plus ?

— Comme si ça te dérangerait, lâcha-t-elle d'un ton amer.

— Bien sûr que ça me dérangerait !

Il s'arrêta net, plantant son regard furieux dans le sien avant d'ajouter :

— Tu n'as pas idée de...

Il s'interrompit, secoua la tête et marmonna des mots sonnant comme des jurons grecs. Puis, une expression tourmentée envahit ses traits et, sans que rien ne l'ait laissé prévoir à Kate, il écrasa ses lèvres sur les siennes avant de prendre possession de sa bouche.

Un instant figée, elle se retrouva dans la seconde suivante en train de presser les mains dans les cheveux de Leander et de l'embrasser avec une ardeur similaire à la sienne, à peine consciente de l'eau qui ruisselait sur eux.

Lorsque ce baiser passionné prit fin, Kate le regarda, peu sûre d'avoir l'esprit clair, mais le cœur battant à tout rompre, et lâcha d'un ton presque accusateur :

— Pourquoi as-tu fait ça ? Je ne comprends pas. Tu me hais.

Depuis le moment où l'inquiétude lui avait étreint le torse en ne voyant pas Kate arriver derrière lui dans l'allée, Leander savait qu'il avait perdu. Cette certitude s'était confirmée lorsqu'il l'avait trouvée au sol. Ensuite, alors qu'elle se débattait dans ses bras, un seul regard à son visage furibond lui avait suffi pour savoir qu'assouvir son désir d'elle était devenu primordial.

Pressant son front contre le sien, il poussa un profond soupir.

— La seule chose que je hais, *agapi mou*, c'est ce que tu me fais ressentir.

Malgré la tempête qui faisait rage autour d'eux, un silence profond lui sembla suivre son aveu.

À l'affût d'une réaction, il vit deux yeux vert jade s'écarquiller d'incompréhension.

Un éclair zébra soudain le ciel au-dessus d'eux. Tous deux levèrent la tête, puis leurs regards se retrouvèrent.

Sans un mot, Leander entra dans le salon et allongea Kate sur le canapé. Elle ne dit rien, le fixant, de toute évidence toujours aussi désorientée. Elle ressemblait à une nymphe trempée, sa beauté non diminuée par l'humidité.

Ramenant son regard sur son genou d'où le sang coulait toujours et recouvrait à présent son pied, il attrapa une poignée de Kleenex dans la boîte posée sur la table basse et les posa dessus.

— Maintiens-les en place pendant que je vais chercher la trousse de premiers secours. J'en ai pour deux minutes.

Elle obéit sans mot dire.

Dans l'arrière-cuisine, Leander ouvrit l'armoire à pharmacie destinée à parer aux soins les plus urgents au cas où son personnel se blesserait. Il y prit la boîte surmontée d'une grande croix rouge, puis alla chercher des serviettes de toilette dans la buanderie avant de rejoindre la femme dont il était convaincu qu'elle avait été mise sur cette bonne Terre pour lui faire perdre la tête.

Il savourait encore le goût de ses lèvres sur les siennes et le poids de son corps contre le sien, mais se sentait beaucoup plus calme. Bizarrement, soulagé aussi de ne plus avoir à dissimuler ses émotions ni son désir.

La dernière fois où il avait caché ses sentiments, et ce à la personne qu'ils affectaient le plus, cela s'était terminé dans l'acrimonie. Lorsque, quatorze ans auparavant, il avait finalement fait part de son choix de vie à son frère, Leonidas l'avait pris comme un camouflet personnel et ne le lui avait jamais pardonné.

Une part de son âme lui avait été arrachée ce jour-là.

À présent, Kate connaissait ses sentiments. Loin de le libérer, cela l'enfermait dans un labyrinthe sans issue. Dès l'instant où il avait pris conscience de son désir pour elle, Leander avait su qu'il était condamné à être un phantasme inaccessible. À quelques jours de son mariage avec leur meilleure amie, croire cette attirance non partagée l'avait aidé à le supporter vaillamment.

Depuis, il avait senti les sentiments de Kate changer envers lui sans toutefois en avoir la certitude. Or il en avait désormais la preuve. Elle le désirait.

Quelle erreur de ne pas avoir quitté la Californie à l'instant où il avait senti ce changement.

C'était trop tard, à présent.

Dire que jusque-là il ne s'était jamais préoccupé d'une suite possible à ses aventures. Ses maîtresses lui procuraient une soirée, une semaine ou un mois de plaisir. C'était du pareil au même pour lui, et il passait à la suivante le cœur léger.

Mais aucune de ces femmes n'avait été Kate.

Tout en tenant les Kleenex pressés sur son genou, Kate revivait en pensée le baiser de Leander et s'efforçait de se remettre de ce choc ainsi que de celui causé par ce qu'il lui avait dit. D'un côté, ses mots lui avaient fait danser le cœur, et, de l'autre, envisager ce qui pourrait en découler la terrifiait.

Alors qu'elle soulevait les Kleenex pour constater l'étendue des dégâts, Leander revint.

Il avait enlevé sa veste, sa chemise trempée lui collait à la peau, révélant le subtil mouvement de ses muscles tandis qu'il traversait le salon, et était maculée de sang.

— Je crains d'avoir taché ton canapé. Ton tapis aussi, peut-être. J'en suis navrée.

Deux objets, songea-t-elle, qui devaient valoir une fortune ou, en tout cas, bien plus que sa vieille voiture vendue juste avant son départ pour la Grèce.

— Ne t'inquiète pas pour ça, je les ferai nettoyer, répondit-il avant de lui tendre une serviette. Tiens, sèche-toi les cheveux avec ça.

Il tira alors un pouf à côté du canapé, s'assit dessus et déclara :

— Je vais m'occuper de ta blessure, maintenant. Pas de sel, c'est promis.

Comme l'ébauche d'un sourire de connivence accompagnait ces derniers mots, Kate sentit son cœur faire un petit bond.

— Écoute, Leander...

— Laisse-moi te soigner, et ensuite, nous discuterons. D'accord ?

Elle hocha la tête puis, ayant du mal à soutenir son regard de braise et souhaitant détendre l'atmosphère, lança :

— Si ma blessure s'infecte, je me trouverai dans l'obligation de te traîner en justice. Je pourrais d'ailleurs le faire pour le mauvais entretien de ton allée responsable de ma perte d'équilibre en premier lieu.

— Je te donnerai les coordonnées de mes avocats dès que j'aurai fini, répliqua-t-il d'un ton pince-sans-rire. En attendant, mets ta jambe sur mes genoux.

Kate posa un pied timide sur son genou.

Leander ouvrit alors la boîte à pharmacie et, tout en fouillant à l'intérieur, ajouta :

— Et sèche-toi les cheveux, sans plus attendre. Il ne manquerait plus que tu attrapes la crève.

Sa réprimande la fit sourire. Elle se frictionna la tête et se demanda comment il était possible de désirer un homme d'une seconde à l'autre, à la suite d'un regard, d'un geste ou d'une simple réflexion.

Comme Leander lui soulevait la jambe pour la passer en travers de ses cuisses, elle retint son souffle, priant pour qu'il n'entende pas les battements de son cœur.

Mais dans le fond, quelle importance ? Il savait déjà à quoi s'en tenir. Sa réponse passionnée à son baiser avait trahi ses sentiments.

Ce qu'elle ignorait et osait à peine imaginer en revanche, c'étaient les sentiments qui l'animaient, lui.

Une fois la jambe de Kate bien installée sur ses cuisses, Leander s'efforça d'en oublier la douceur pour se concentrer sur la tâche à effectuer. Il enleva d'abord les Kleenex souillés, les lançant sans façon sur le tapis. Le sang était déjà en train de coaguler. Il tamponna la plaie avec un coton imbibé de solution antiseptique, puis nettoya la peau autour, travaillant aussi délicatement que possible, et enfin essuya les traces de sang jusqu'à sa cheville.

— Il faudrait une suture adhésive de style Steri-Strip pour t'éviter une cicatrice.

— Ce n'est pas utile. Il y a de fortes chances pour que j'en sois couverte en fin de carrière.

Pendant qu'il retirait la pellicule protectrice d'un large pansement couleur chair, dans l'espoir de distraire son attention de la peau de Kate, il demanda :

— As-tu déjà été mordue par un de tes « patients » ?

— Non, pas encore, mais ça va bien finir par arriver, j'imagine.

— Espérons que ce ne sera pas par une des créatures sauvages dont tu m'as parlé.

Bien que le sanctuaire dont Kate devait intégrer l'équipe prochainement s'occupe d'orangs-outangs orphelins, le personnel vétérinaire soignait aussi les animaux sauvages indigènes si besoin. À l'instigation d'Helena, alors qu'ils dînaient sur une île voisine de celle de ses parents le deuxième soir, elle lui avait raconté avec enthousiasme son déménagement imminent en Asie du Sud-Est et ce que son travail impliquerait. Deux choses l'avaient frappé. Son infaillible détermination – elle avait travaillé toute sa vie pour atteindre ce point – et la manière dont ses yeux brillaient et sa voix s'animait en en parlant. Il l'avait trouvée fascinante. Il aurait pu la regarder et l'écouter parler toute la nuit.

Il aurait dû savoir à ce moment-là qu'il était en danger.

En grand danger.

Il aurait d'ailleurs dû en prendre conscience au plus tard quand, alors que son désir pour elle s'était enflammé en la regardant danser, il avait vu Dimitri lui palper le ventre et presser son torse contre son dos, un sourire béat d'ivrogne aux lèvres. Si, à cet instant, la violence des pensées de Leander s'était traduite en actes, cela aurait mis un terme à leur amitié.

— Tu dois certainement souhaiter que l'un de ces animaux me dévore, plaisanta-t-elle.

Une soudaine émotion lui serrant la gorge, il étala le pansement sur la blessure de Kate.

Son tressaillement à peine perceptible lorsqu'il pressa sa paume dessus pour le faire bien adhérer brisa quelque chose en lui.

En un instant, tout ce qu'il avait essayé d'ignorer pendant qu'il s'occupait de sa blessure, que c'était la jambe de Kate allongée sur ses cuisses, que c'était sa peau qu'il touchait et qu'elle était la plus soyeuse qui existât, que c'était le goût de ses lèvres qui persistait sur les siennes... tout cela envahit ses sens, et ses sens se remplirent d'elle. De Kate.

Le cœur battant soudain furieusement, Leander leva les yeux vers son ravissant visage de lutin aux traits si délicats. Tout était délicat dans le physique de Kate et contrastait on ne peut plus fortement avec sa vivacité intérieure.

Il lui suffisait d'entrer dans une pièce pour l'illuminer.

Il lui suffisait de poser ses yeux à l'exceptionnel vert jade sur lui pour lui mettre le cœur en fête.

Ces yeux avaient réussi ce tour de force dès l'instant où ils s'étaient fixés sur lui, tout comme ils l'étaient en cet instant même.

Mais Leander l'avait blessée. Il avait éteint la lumière dans ses yeux. Délibérément. Et à présent il sentait l'ampleur des souffrances qu'il lui avait infligées comme s'il les avait lui-même éprouvées. Plus encore, il sentait l'essence de Kate Hawkins alimenter son propre être.

Le cœur de Kate battait à une telle cadence qu'elle pouvait à peine respirer.

Les yeux de Leander rivés sur les siens lui semblaient aspirer l'air de ses poumons.

L'émotion qui transparaissait en eux était l'antithèse de la haine.

Brusquement, elle comprit et, agrippant les doigts sur la serviette autour de ses cheveux, elle secoua la tête tout en bégayant :

— On ne peut pas. *Je* ne peux pas.

— Pourquoi diable crois-tu que j'aie essayé par tous les moyens de te faire partir d'ici ? demanda-t-il d'une voix rauque.

Kate réalisa alors avoir deviné les sentiments de Leander, mais les avoir ignorés avec le même zèle qui lui avait fait refuser de reconnaître les siens.

Mais ces sentiments étaient là, entre eux, depuis le tout début.

Hélas, il était trop tard pour leur donner une chance de s'épanouir.

Une soudaine douleur lui lacéra le cœur. Croire qu'il la haïssait n'était rien en comparaison de savoir que s'aimer leur était interdit.

Des larmes lui brouillant de nouveau la vue, elle les chassa d'un battement de cils, puis ravala la boule qui montait dans sa gorge pour dire :

— Helena est comme une sœur pour moi.

Voir la détresse évidente de Kate bouleversa Leander.

— Elle est comme une sœur pour moi aussi. Il n'y a jamais rien eu d'autre entre nous.

— Je sais, mais tu es marié avec elle.

— Non, c'est faux.

— Si. Même si c'est ton frère qui a prononcé les vœux et signé le registre, il l'a fait en ton nom.

— En attendant, ce n'est pas moi, et Leo ne fera pas homologuer cette union.

Cela, Leander en avait la certitude. C'était donc l'argument à faire valoir à Kate. Après avoir vu à quel point les deux amies étaient proches et attachées l'une à l'autre, le croire marié à Helena, même seulement sur le papier, aggraverait son sentiment de culpabilité né de leur seul et unique baiser.

— Qu'en sais-tu ?

— Je le connais. Il me laissera ce soin.

Elle cilla, prit une profonde inspiration, lui retira sa jambe puis se releva avant de lui adresser un regard suppliant.

— Tu *dois* faire homologuer ce mariage, Leander. Il en va de l'avenir d'Helena. Tu le sais.

Il la vit se mordre la lèvre tandis que sa gorge remuait comme si elle ravalait un sanglot.

— Et nous devons prétendre que rien n'est arrivé, oublier ce qui vient de se passer, ajouta-t-elle.

— C'est impossible.

Oublier avoir goûté aux lèvres de Kate ? Il ne le pourrait jamais.

— Je t'en prie, Leander.

— On ne peut plus faire rentrer la pâte dentifrice dans le tube une fois qu'on l'en a fait sortir.

Elle éclata d'un rire mouillé de larmes.

— Quelle terrible analogie.

— Peut-être, mais c'est vrai.

S'essuyant les yeux du revers de la main, elle dit de sa voix mélodieuse malgré sa tristesse évidente :

— Je devrais partir.

— Je sais, mais avec ce temps...

Leander secoua la tête, la voix soudain étranglée tant son torse lui semblait comprimé dans un étau. Ses efforts pour contraindre Kate à quitter sa résidence avaient fini par porter leurs fruits, mais c'était trop tard. Il l'avait traitée de manière odieuse pour rien et il devrait vivre à jamais avec ce poids sur sa conscience, tout comme il vivait avec celui de sa trahison envers son frère.

— As-tu faim ? demanda-t-il, sa voix miraculeusement retrouvée.

Une expression sidérée accueillit sa question. Bien sûr, elle ne pouvait pas croire qu'il ait été assez stupide pour la poser.

— On ne peut plus faire rentrer la pâte dentifrice dans le tube une fois qu'on l'en a fait sortir, toutefois nous pouvons accepter de ne plus en parler, poursuivit-il avec un sourire. Je vais demander à mon chef de nous cuisiner quelque chose.

— Il est très tard.

— Mon personnel est disponible en permanence. Nous pourrions nous doucher et enfiler des vêtements secs, puis manger et discuter de tout sauf... tu sais quoi ... jusqu'à ce que la tempête se calme et te permette de rentrer chez toi. Qu'en dis-tu ?

Le souffle soudain suspendu, il attendit alors sa réponse.

Le désir affaiblissait les jambes de Kate tandis qu'elle se délectait du visage de l'homme qui avait éveillé un aspect d'elle-même dont elle avait à peine conscience de l'existence.

Son analogie avec le dentifrice avait certes été horrible, mais si vraie, aussi. Ils ne pouvaient, bien sûr, pas prétendre que la révélation de leur attirance réciproque n'avait pas eu lieu. Néanmoins, s'ils n'en parlaient pas, ils pourraient l'étouffer le temps de repartir sur une autre base et peut-être se séparer dans l'esprit d'amitié qui les avait d'abord liés.

— Je dois sentir terriblement mauvais si tu me proposes d'utiliser ta douche.

Un léger sourire passa entre eux. Dans la seconde suivante, Kate se retrouva en train de rire tout en essuyant une larme.

6

Kate prit la trousse de premiers secours que Leander voulait qu'elle emporte au cas où son pansement se décolle sous l'eau, puis le suivit dans un large escalier de bois sombre en colimaçon. Ils débouchèrent sur une vaste mezzanine surplombant une pièce de réception dotée en son centre d'une fontaine de marbre.

Leander déverrouilla une porte qu'il lui tint ouverte.

— Ma meilleure chambre d'amis avec sa salle de bains attenante. Tu devrais vite comprendre le fonctionnement de la douche, il est simple.

— Même pour une blonde idiote comme moi ?

Plaisanter était le seul moyen de conserver une certaine légèreté à l'atmosphère entre eux. De lui permettre aussi de contenir les émotions qui lui oppressaient la poitrine.

— Je suis désolé d'avoir proféré une telle méchanceté. Je ne la pensais pas.

— Je sais.

— Vraiment ?

Elle hocha la tête en soupirant.

— Je savais que tu disais cela uniquement pour te débarrasser de moi.

Leander, à son tour, hocha la tête.

— Tu trouveras un assortiment de produits de bain et de soins, en plus des serviettes. Utilise ce dont tu auras besoin.

Je vais te chercher un vêtement à enfiler. Je le mettrai devant ta porte.

— Merci.

— C'est le moins que je puisse faire après la manière dont je t'ai traitée.

Comme il tournait les talons pour la laisser, sur une impulsion, Kate lança :

— Lorsque la tempête se calmera suffisamment pour prendre l'avion, rentre en Grèce, s'il te plaît. Leo était dans une terrible colère. De plus, il semble détester au plus haut point Helena et... je crains qu'il finisse par cesser de jouer le jeu.

Leander se retourna lentement, plongeant ses yeux au sombre velouté dans les siens.

— Il ne fera ni l'un ni l'autre.

— Comment peux-tu en être si certain ?

— Parce qu'il est mon jumeau.

— Tu sembles bien sûr de ce qu'il fera ou ne fera pas, alors que tu lui parles à peine depuis des années.

— Cela n'empêche pas que nous soyons toujours jumeaux. Et, en tant que jumeau, je le connais mieux que quiconque. Il me hait et me maudit de l'avoir mis dans cette position, mais il jouera le jeu jusqu'à mon retour.

— Et si quelqu'un le reconnaissait avant ? Les paparazzis doivent être à l'affût pour obtenir des photos du marié et de son épouse en lune de miel. Il suffit d'une seule et les gens verront que ce n'est pas toi.

— Nous sommes totalement identiques sur le plan physique. Personne ne sera capable de faire la différence.

— Tu crois ça ? Moi, je l'ai faite dès l'instant où j'ai pénétré dans l'église.

Les mots de Kate frappèrent Leander, lui coupant une seconde le souffle.

— Même nos parents ont parfois du mal à nous différencier.

Les premières dix-huit années de sa vie avaient été passées à corriger les gens qui s'adressaient au mauvais jumeau. Même plus tard, chaque visite impromptue à sa famille commençait par un examen minutieux du visage de celui qui se tenait devant eux pour discerner duquel il s'agissait. Ses parents ne se trompaient jamais, ses grands-parents, une fois sur deux.

Avant que Leo coupe tout contact avec lui, une petite amie de Leander, qui était tombée sur son frère pendant une soirée, lui avait parlé pendant cinq minutes avant de réaliser que ce n'était pas le bon jumeau. Et cela parce que Leo lui avait ouvert les yeux. Or c'était une femme avec qui lui avait été intime. Alors, que Kate les ait différenciés d'un seul regard était particulièrement... incroyable ? Significatif ? Peu importait, elle l'avait fait.

— Vous êtes peut-être identiques d'aspect, dit-elle de toute évidence inconsciente de l'effet de sa réflexion sur lui, mais votre similarité s'arrête là. Ton frère a une présence entièrement différente de la tienne. J'ai su que ce n'était pas toi avant même de voir nettement son visage.

Pour la deuxième fois en moins d'une minute, Kate venait de lui couper le souffle. Il dut s'éclaircir la gorge avant de répondre :

— Dans ce cas, tu vas devoir me croire sur parole : Tu as un don d'observation phénoménal.

Sur ces mots, Leander rejoignit sa chambre, puis sortit une de ses chemises qu'il alla suspendre à la porte de la chambre d'amis. Cela fait, il se déshabilla et entra dans la cabine de douche.

Il dut faire appel à toute sa force mentale pour éloigner ses pensées de Kate et du fait qu'elle aussi était nue sous l'eau. Alors qu'il repoussait la vision de son corps aux seins fermes, une autre la remplaça aussitôt. Celle du sourire ensorcelant qui accompagnait son baiser aérien pendant la soirée dans son appartement d'Athènes. Si elle ne s'était pas retournée et éloignée en dansant vers Helena, elle l'aurait vu, pétrifié par le désir qui avait fondu sur lui en un éclair.

C'était en cet instant que tout avait changé pour lui.

Même s'il ne s'était pas agi de la meilleure amie d'Helena, la force de ses sentiments l'aurait forcé à se distancier d'elle.

Leander était intrinsèquement égoïste, ce que son frère lui avait lancé à la figure trop souvent au cours des années pour qu'il en compte le nombre de fois. À présent encore, lorsqu'il pensait à Leonidas, il ne voyait plus l'homme qu'il était devenu, mais celui âgé de dix-huit ans qui, en l'entendant lui annoncer qu'il partait poursuivre sa vie sans lui, s'était figé. Douleur et incrédulité avaient traversé ses yeux avant qu'une colère froide les y remplace.

Son désir de faire ce que bon lui semblait sans jamais plus causer une telle douleur à quiconque avait donc décidé Leander à rester célibataire. Des aventures éphémères sans aucune attache sentimentale, voilà l'idéal. Pas d'attentes déçues. Pas de drames. Pas de cœurs brisés. C'était la paix assurée.

Courtiser la demoiselle d'honneur de sa fausse fiancée pendant la préparation de son faux mariage était abject, même pour lui. Aussi, lorsqu'il avait rencontré Kate, il n'avait pas un instant caressé l'idée d'une aventure potentielle. Il avait pu profiter de sa compagnie. Une remarquable compagnie. Jamais auparavant il n'avait autant ri de plaisanteries, aussi idiotes soient-elles, ni discuté si intensément.

Jusqu'à ce que le désir pointe son vilain nez...

Une fois celui-ci manifesté, le sommeil l'avait fui. Leander avait alors passé des heures dans la cuisine de son appartement athénien, à écouter le silence, comme terrassé après cette soirée trop riche en événements – et en alcool.

Et il avait su qu'il ne devait plus jamais rester seul avec elle.

Kate se lava le corps avec un gel douche à l'onctuosité remarquable et au délicieux parfum, puis les cheveux, avant de s'envelopper dans une moelleuse serviette de bain tiède trouvée sur le porte-serviettes chauffant. Ainsi que Leander l'avait prédit, son pansement s'était décollé sous l'eau. Elle le remplaça sur sa peau encore chantante après le contact des mains de son ex-tortionnaire.

Elle ne savait pas que sa peau pouvait chanter sous le toucher d'un homme.

Mais la chanson devint triste.

Et la gorge de Kate se serra face à l'impossibilité de la relation à peine ébauchée entre eux.

Que de désir inassouvi…

Dans moins d'une semaine, elle s'envolerait pour Bornéo.

Il lui semblait avoir passé sa vie à courir un marathon et voir enfin la ligne d'arrivée. Un marathon durement mené auquel son équipe de soutien avait activement participé. Une équipe aux nombreux participants.

En premier lieu, ses parents qui avaient effectué quantité d'heures supplémentaires afin de financer les cours particuliers nécessaires pour l'aider à obtenir une bourse, sans parler de leur soutien moral.

Ensuite, ses frères qui, amusés d'avoir un « rat de bibliothèque » pour sœur, tantôt la taquinaient, tantôt la gâtaient de mille petites façons pour ramener un sourire sur son visage studieux. Leur attitude dépendait de leur humeur du moment, mais ils étaient toujours immensément fiers à chaque étape qu'elle franchissait.

Et enfin Helena. Que d'heures son amie avait passées à l'aider à réviser ses examens, le soir au pensionnat d'abord puis pendant ses années universitaires. Durant toutes ces années, elle avait été une source constante de soutien moral et de compréhension…

Oui, tous ces gens qui l'aimaient s'étaient investis dans la réalisation de son rêve.

Faire quoi que ce soit qui puisse mettre en péril ce rêve alors qu'elle était près de toucher le but, et même si elle pensait qu'aller plus loin avec Leander valait la peine de prendre ce risque, cela ne changeait rien au fait que très bientôt il retournerait auprès d'Helena.

Douché et rhabillé, Leander regardait à travers une des baies vitrées du salon la tempête qui faisait rage à l'extérieur. Le vent hurlait, la pluie battante frappait le sol si fort que les gouttes rebondissaient, et les débris volant en tous sens ne cessaient de déclencher les capteurs, allumant et éteignant les spots lumineux du jardin.

Un bruissement derrière lui le fit se retourner.

Son cœur se serra avant de se dilater à la vue de Kate.

Sa chemise sur elle ressemblait à une robe trop grande qui accentuait la finesse de son corps. Ses cheveux encore humides retombaient en boucles d'un blond plus foncé sur ses épaules.

Malgré la distance, il sentit l'odeur fleurie du gel douche et sut que, s'il fermait les yeux, il serait capable de retrouver celle de sa peau.

Ils restèrent un long moment à se regarder en silence.

— Comment va ton genou ? demanda-t-il enfin.

— Ton bricolage de fortune n'a guère été efficace. Le pansement s'est décollé sous la douche. Tu aurais dû utiliser de la colle forte.

Leander sourit. L'humour de Kate l'enchantait depuis le premier jour. L'entendre plaisanter en cet instant diminua la tension qui avait grimpé en lui dès le moment où ils s'étaient séparés pour aller se doucher.

— Tu veux un antalgique ?

— Non, je te remercie, ce n'est plus douloureux. La plaie est en bonne voie de cicatrisation.

Levant alors les sourcils, elle demanda :

— Je me trompe ou c'est bien une odeur de crêpe qui flotte dans l'air ?

— Quel odorat remarquable ! s'exclama-t-il en riant. La table doit déjà être mise dans la salle à manger. On y va ?

Un sourire fleurit sur les lèvres de Kate.

— Tiens donc. Aurais-je le droit d'y entrer à présent ?

Appréciant son effort pour jouer l'indifférence, Leander s'inclina et accompagna son mouvement d'un large geste en direction du couloir.

— J'ai déverrouillé toutes les portes. Tu es désormais libre de te promener dans la villa à ta guise.

Kate se caressa le menton, l'air pensif.

— Hum-hum... Si j'avais su qu'il me suffisait de m'ouvrir le genou pour obtenir une telle faveur, j'aurais trébuché dans ton allée bien plus tôt.

Suivant alors la direction de sa main, elle quitta le salon.

La salle à manger était grandiose avec son immense table à la surface polie, son lustre étincelant et ses baies vitrées ouvrant sur l'arrière de la résidence – ou était-ce le côté ? Impossible de le deviner. La nuit noire drapait la vue extérieure d'un voile opaque, la nimbant de secret. Kate ne se permit pas de souhaiter que l'obscurité et la tempête durent assez longtemps pour lui permettre de le percer.

— Quelle heure est-il, Leander ?

— Minuit bien sonné.

— Ça alors ! En fait, si tu m'avais dit que le soleil allait bientôt se lever, je t'aurais cru. J'ai perdu toute notion de temps aujourd'hui.

Elle s'assit à table, puis ajouta :

— En parlant d'heure, tu n'aurais pas un chargeur pour mon mobile, par hasard ? Ma batterie est complètement à plat depuis hier.

— Bien sûr, je t'en fais apporter un.

À peine avait-il fini de parler que deux membres du personnel entrèrent. L'un portait un plateau surmonté d'une pile de crêpes américaines, de bacon, œufs brouillés et diverses gourmandises, l'autre une cafetière traditionnelle grecque *briki* et des tasses. S'ils étaient contrariés de devoir travailler à cette heure indue, ils ne le montraient pas. Néanmoins, ils devaient avoir l'habitude de préparer et servir des repas jour et nuit car leur employeur était un homme qui travaillait dur et se divertissait tout autant.

Et qui avait bien l'intention de continuer à profiter de la vie...

Après avoir passé deux jours sans manger, Kate douta pouvoir avaler plus d'une crêpe tant son estomac s'était resserré. Mais la première bouchée suffit à remédier à cet état, et elle entama la seconde avec appétit.

— Je suis désolé d'avoir essayé de te faire mourir d'inanition, dit Leander, un étau autour du cœur en la regardant verser du sirop d'érable sur sa troisième crêpe.

Kate sourit.

— Tu ne serais pas venu à bout de moi de cette manière.

— Ah bon, et pourquoi ?

— Parce que j'ai passé cinq ans à être affamée quand j'étais étudiante, tu t'en souviens ?

— Oui, mais il n'en demeure pas moins que c'était très cruel de ma part.

Plus il réfléchissait à son attitude des deux jours passés, plus il se détestait. D'accord, il était égoïste et arrogant, mais jusque-là il ne se savait pas capable de cruauté. Ce défaut en lui l'horrifiait.

— J'ai envahi ta maison sans y avoir été conviée. Tu n'avais pas à prendre soin de moi.

Un éclair amusé brilla alors dans ses yeux tandis qu'elle ajoutait :

— J'avoue que dévorer cette moussaka sous mes yeux a été un coup de maître.

Conscient de ne plus pouvoir continuer à jouer la légèreté, Leander fit son mea-culpa.

— Non, c'était cruel. J'aimerais pouvoir revenir en arrière.

— Tu pensais devoir agir ainsi pour me forcer à partir. Au moins, maintenant, quand nous nous dirons au revoir, ce sera en tant qu'amis. Comme les amis que nous étions avant.

Elle fronça alors les sourcils pour demander :

— Nous étions amis, n'est-ce pas ?

— Il nous est impossible de revenir à ce stade, Kate.

— Je sais, mais nous étions bien amis ? Je ne l'ai pas imaginé, si ?

Une soudaine envie de lui prendre la main à travers la table se saisit. Il la refréna.

— Non, tu ne l'as pas imaginé.

Kate ferma les yeux, inspira profondément, puis piqua sur sa fourchette un nouveau morceau de crêpe. Sa bouchée avalée, elle demanda :

— Pourquoi es-tu si certain que Leo jouera le jeu jusqu'à ton retour et ne fera pas enregistrer le certificat de mariage ?

Leander reposa ses couverts, histoire de se donner le temps de réfléchir au niveau de franchise qu'il était prêt à atteindre.

— Parce que mon frère a toujours été droit. Sa conscience ne lui permettra pas de faire enregistrer une fausse signature.

Un petit rire salua sa réponse.

— Et tu n'as pas de conscience, toi ?

Leander répondit avec un demi-sourire :

— Il croit que je n'en ai pas.

— Que s'est-il passé entre vous ? Helena m'a parlé d'une dispute arrivée il y a très longtemps, mais je ne comprends pas comment des jumeaux monozygotes puissent ne plus se parler d'un jour à l'autre.

Tout en remplissant la tasse de Kate avant de s'en servir une nouvelle, Leander se souvint de leur premier petit déjeuner sur l'île. La grimace qu'elle avait faite en goûtant le café grec les avait fait rire, Helena et lui. Quatre matins plus tard, elle le buvait comme une native.

— Avant que je te le dise, réponds à une de mes questions.

Une qui le tracassait, mais qu'il ne s'était pas résolu à poser jusque-là.

— As-tu vraiment su d'emblée que c'était Leo et non moi debout devant l'autel ?

Les yeux de Kate s'écarquillèrent.

— *Si* je l'ai su ? Franchement, je n'arrivais pas à croire que personne ne s'en soit aperçu. Je les ai regardés échanger leurs vœux en retenant mon souffle. Je m'attendais à ce que quelqu'un se lève et fasse remarquer la substitution. Mais personne n'a rien dit. Je pense même que tes parents ne l'ont réalisé qu'à la sortie de l'église.

— Mais toi, tu l'as vu ?

— Évidemment. Je n'ai même pas eu besoin d'y regarder à deux fois. Ce n'était pas toi.

Pendant quelques secondes, cela lui parut si irréel qu'il n'entendit plus que le sang qui tonitruait dans ses oreilles.

— Tout le monde nous confond.

La moue de Kate fut si comique que Leander sourit franchement pour la première fois depuis des jours.

— Nous nous ressemblons comme deux gouttes d'eau, mais avons toujours eu des personnalités différentes. Leo a toujours été très sérieux, très direct.

Comme elle l'observait sans mot dire, semblant attendre plus d'informations, il but une gorgée de café avant de demander :

— Sais-tu pourquoi je n'ai jamais voulu me marier, ou même poursuivre une relation ?

— Non. Dis-moi.

— Parce que j'ai passé dix-huit ans marié à mon frère et

notre mariage s'est terminé dans la rancœur. Je l'ai profondément blessé.

Sans qu'il ne sache pourquoi, il parut impératif à Leander de s'expliquer – ce qu'il n'avait jamais fait auparavant.

— Les gens nous traitaient comme si nous étions une seule entité avec les mêmes pensées et opinions. Cela nous énervait tous les deux, en particulier à l'adolescence. Leo m'énervait. Il le fait toujours, d'ailleurs. Il fait toujours tout dans les règles, ne prend jamais de risque. Bref, il incarne la raison.

— C'était lui, ta conscience ?

— D'une certaine manière, oui. J'avais l'impression qu'il m'enchaînait, mais son opinion prévalait sur celle de quiconque à mes yeux.

Leander secoua la tête avant d'ajouter :

— C'est compliqué.

— On dirait bien, répondit-elle avec douceur.

— Nous étions très proches, enfants et adolescents.

Il marqua une pause se souvenant qu'il s'était rappelé à quel point ils étaient proches en entendant sa voix, si semblable à la sienne, sur le répondeur. Il s'était souvenu de leurs rires et de la manière dont ils se comprenaient, même sans parler.

— Nous savions qu'à nos dix-huit ans et après le baccalauréat, nous pourrions soit entrer chez Liassidis Shipping et grimper les échelons jusqu'à ce que nous ayons acquis assez d'expérience pour diriger l'entreprise à notre tour, soit recevoir une somme d'argent de nos parents et suivre notre propre voie dans le monde. Leo est resté. J'ai pris l'argent.

— Et ça a été la cause de votre séparation ?

— Ça a été le début, en tout cas.

— Parce que tu as choisi de partir ?

— Parce que je l'avais laissé croire que je resterais.

— Ah...

La tension envahit Leander à l'idée de raconter pour la

première fois comment il avait mis un terme à leurs projets communs.

— J'ai annoncé ma décision seulement le jour venu. Une semaine plus tard, j'ai quitté la maison.

— Donc Leo a pensé que tu l'abandonnais ?

— Oui. J'ai eu beau essayer de lui expliquer mes raisons, en fin de compte il l'a ressenti comme un abandon. J'adore mon frère, il fait partie de moi, mais à cette époque, je voulais être Leander et non un des jumeaux Liassidis. Je voulais partir, tracer ma propre voie, être reconnu pour moi-même. J'aurais mieux fait de le lui dire bien avant, au lieu de l'écouter envisager notre avenir au sein de l'affaire familiale. Je n'ai trouvé le courage de le mettre au courant que le jour où j'ai eu en poche mon billet pour les États-Unis. Leo était furieux, cela va sans dire.

Leander se massa le cou avant d'ajouter, la mort dans l'âme :

— Et profondément blessé. Je lui avais planté un poignard dans le dos sans le moindre avertissement.

Lui-même avait souffert de sa trahison autant que s'il l'avait subie. Sans toutefois regretter d'avoir suivi sa propre voie, il aurait aimé revenir en arrière, préparer Leo à la séparation et être encore proche de son frère.

Kate tressaillit, mais se tut.

— Nous sommes cependant des jumeaux monozygotes, aussi le lien entre nous ne peut pas être définitivement coupé. Pendant des années, nous avons tous deux essayé de surmonter ma trahison – car c'en était une –, puis il y a eu ce monumental problème quand Liassidis Shipping a été si près de mettre la clé sous la porte. Es-tu au courant ?

— Helena m'en a vaguement parlé.

Kate s'efforça de réfléchir malgré son épuisement. Après une nuit blanche et la digestion qui commençait, elle n'avait plus les idées claires. Elle se souvenait toutefois que les parents de son amie étaient associés en affaires avec les Liassidis, et qu'après le décès de son père une décision de sa mère avait mis en péril l'avenir de la compagnie.

— Tout s'est arrangé depuis, n'est-ce pas ? demanda-t-elle une fois ces détails revenus à son esprit.

— Oui, et les affaires sont de nouveau florissantes, mais Leo ne m'a jamais pardonné de ne pas être rentré l'aider à résoudre ce problème. Jusqu'à samedi matin, nous ne nous étions pas revus, ni n'avions discuté au cours des cinq dernières années.

Bien que sachant les jumeaux brouillés, Kate ne s'était jamais penchée sur les tenants et aboutissants de leur discorde. Il arrivait que ses propres frères l'exaspèrent – et la réciproque était vraie parfois –, mais elle n'aurait jamais imaginé les exclure de sa vie.

Étouffant un bâillement, elle finit sa tasse de café. Avec un peu de chance, la caféine la tiendrait éveillée. Les heures suivantes étaient les seules qu'il lui restait avec Leander, et elle tenait à profiter de chaque minute.

— Il ne te manque pas ?

La mâchoire de Leander se contracta.

— Après mon départ de la maison familiale, nous nous sommes vus de temps en temps. Nous étions donc habitués à vivre nos vies séparés.

Comme il éludait sa question, elle sentit son cœur se serrer face à son incapacité d'admettre l'évidence. Au lieu de le pousser à le faire, Kate adopta une autre tactique.

— Pourquoi n'es-tu pas rentré quand Liassidis Shipping a eu ce problème ?

— Parce que Leo ne me voulait pas sur place.

Elle haussa un sourcil étonné.

— Mais tu viens de me dire qu'il ne t'avait jamais pardonné de ne pas être venu.

— Il m'a dit qu'il ne me voulait pas à Athènes, qu'il gérerait le problème. Je l'ai pris au mot. Leo est extrêmement doué dans sa branche. La mienne, c'est la technologie informatique, pas le commerce maritime. Je n'avais pas grand-chose à lui offrir pour l'aider à part de l'argent, qu'il a refusé clair et net.

Réprimant un nouveau bâillement, Kate cilla pour éclaircir sa vue soudain brouillée.

— Tu crois qu'il espérait te voir ignorer son ordre de rester à l'écart et rentrer ?

— Je n'en sais rien. De toute façon j'aurais été en tort à ses yeux. Il cherchait une excuse pour couper définitivement les ponts entre nous, je crois. Jusque-là, c'est moi qui avais tout fait pour maintenir un lien. Après cette conversation, il n'a plus pris mes appels ni répondu à mes messages.

— Il avait peut-être seulement besoin d'un soutien affectif pendant cette période éprouvante.

Un rire guttural secoua Leander.

— Un soutien affectif ? Je croyais que tu avais rencontré mon frère.

— D'accord, il est d'un abord plutôt froid, mais il n'en reste pas moins humain.

Même si la manière dont Helena lui avait toujours parlé de Leo n'avait éveillé en elle aucune sympathie pour lui, Kate éprouva soudain une grande compassion pour les deux hommes. L'un trop blessé pour avouer à son frère son besoin de lui, l'autre trop fier et obstiné pour reconnaître ce besoin de soutien.

Un nouveau bâillement montant avant qu'elle puisse le réprimer, elle l'étouffa d'une main puis, à l'aide d'une succession rapide de battements de cils, s'efforça d'hydrater ses yeux asséchés par la fatigue.

Le regard qui ne l'avait pas quittée depuis le début du repas s'adoucit.

— Mon Dieu, tu es épuisée.

— Eh bien, le jour va bientôt se lever et je n'ai guère dormi la nuit dernière.

— Je suis vraiment navré de t'avoir infligé autant de souffrances. C'est impardonnable.

Sa tentative de ramener un peu de légèreté dans la conversation était tombée à plat. De toute évidence, Leander n'en avait pas fini avec l'autoflagellation.

— Tu es déjà pardonné.

— Je ne mérite pas ta mansuétude.

— Arrête un peu, veux-tu ? Tu as fait ce que tu as pu pour me déloger. Si j'avais compris mes propres sentiments plus tôt, j'aurais...

Kate se tut avant de prononcer des mots qui ne pourraient pas être repris, soupira, puis laissa tomber :

— Pâte dentifrice.

— Si cela peut te réconforter, je n'ai guère dormi non plus, répondit-il avant d'ajouter à son tour : Pâte dentifrice.

Un bâillement interrompit le rire de Kate, si grand qu'elle réussit de justesse à se couvrir la bouche.

Leander ne sut si ce fut son épuisement évident ou sa tentative de le dissimuler qui le toucha le plus, mais son cœur se serra.

— Tu devrais aller dormir.

Elle secoua la tête.

— J'aurai le temps de dormir dans l'avion.

— Non, tu as besoin de sommeil maintenant, Kate. Il pourrait s'écouler des heures avant que l'espace aérien réouvre. Va te coucher. Fais-le pour moi. Tu allégeras ainsi mon sentiment de culpabilité.

7

Les jambes lourdes au point de pouvoir à peine la porter, Kate suivit son hôte dans l'escalier.

L'obscurité régnait toujours à l'extérieur. Dans quelques heures, la tempête serait probablement terminée, le jour se lèverait et... le moment de partir arriverait. À la perspective de quitter Leander, l'accablement lui fondit dessus.

— Si tu as besoin de quoi que ce soit, dit-il en lui ouvrant la porte de la chambre d'amis, compose...

— Le 1 sur l'Interphone ?

Son sourire fut un faible baume sur son cœur attristé.

Avant qu'il puisse faire le mouvement qui allait les séparer pour la nuit, elle demanda :

— Puis-je te poser une question ?

Kate n'était pas prête à lui souhaiter une bonne nuit. Encore moins, malgré sa fatigue, à sombrer dans les bras de Morphée car, au sortir de cette plongée dans l'oubli, elle dirait au revoir pour toujours à Leander. Mais avant cela elle avait besoin d'une réponse.

— Tu peux me demander ce que tu veux.

— Pourquoi es-tu devenu si froid avec moi au lendemain de la soirée à Athènes ?

— Parce que j'ai eu envie de défenestrer Dimitri en le voyant danser avec toi.

Leander déglutit en sentant un goût de bile lui monter à la gorge au souvenir de sa réaction intérieure si excessive ce soir-là, avant de poursuivre :

— Cette vision de vous deux m'a torturé le reste de la nuit, je vous imaginais ensemble dans un lit. J'étais...

Il s'arrêta net en réalisant qu'il allait prononcer des mots interdits, pour dire à la place :

— Pâte dentifrice.

De toute évidence, elle devina le mot manquant. Une brève lueur de compréhension dans ses yeux en avertit Leander. Oui, il avait été jaloux. Un accès de jalousie viscérale l'avait terrassé. Réaliser la puissance de son désir pour Kate l'avait frappé avec une force inouïe.

— Ça n'a pas été mon heure la plus glorieuse, admit-il non sans ironie.

Il n'avait jamais été jaloux auparavant. Comme la cruauté dont il avait fait preuve envers Kate, c'était un côté de lui-même qu'il ne laisserait jamais reprendre le dessus.

— Il ne s'est rien passé entre nous, dit-elle avec douceur.

La voir, si ravissante dans sa chemise surdimensionnée pour son corps frêle, avec le lit deux mètres derrière, réveilla le désir ardent que Leander avait eu tant de mal à brider depuis leur baiser. Il était néanmoins temps de se soustraire à cette tentation dévastatrice.

— Même s'il s'était passé quelque chose entre vous, cela ne changerait pas mon opinion de toi. Je ne suis pas en position de juger.

Après une inclinaison de tête, il traversa le palier pour gagner sa chambre et s'apprêtait à en ouvrir la porte lorsqu'elle l'appela.

Leander se retourna.

Elle n'avait pas bougé du seuil.

— Je n'ai jamais couché avec quiconque.

Recevoir un seau d'eau glacé en pleine figure ne l'aurait pas surpris davantage.

— Jamais ?

— Non, jamais.

L'esprit soudain vide, il revint sur ses pas.

— Pourquoi cela ?

Elle appuya la joue contre le montant de la porte, un sourire incertain aux lèvres.

— Je t'ai parlé du documentaire sur les orangs-outangs que j'ai regardé avec maman quand j'avais sept ans, tu t'en souviens ?

Bien sûr, il s'en souvenait, comme il se souvenait de tout ce qu'elle lui avait jamais dit.

— Celui qui t'a donné envie de devenir vétérinaire ?

Elle acquiesça d'un battement de cils.

— Tout le monde disait que seuls les enfants les plus brillants pouvaient espérer devenir vétérinaires. Je ne suis pas aussi intelligente que toi, Leander. Étant née dans la seconde partie de l'année, j'ai toujours été la plus jeune de ma classe, ce qui me désavantageait par rapport aux autres et me faisait me sentir stupide. J'ai donc dû travailler plus dur pour ne pas être à la traîne. Il en a toujours été ainsi au fur et à mesure de mes buts successifs. Obtenir une bourse d'abord, puis réussir mes examens et, le but ultime, devenir vétérinaire.

— Je comprends cela, mais tu as bien dû t'amuser aussi. Helena me parlait souvent de vos sorties.

— Je n'ai pas vécu comme une nonne, bien sûr, mais j'étais dans un pensionnat de filles donc j'ai eu peu d'occasions de rencontrer des garçons. Une fois en fac, j'ai rencontré Euan, un chic type. Hélas, notre relation m'a distraite de mes études et j'ai failli échouer à un module. J'ai eu une telle peur que j'ai rompu avec lui bien avant que nous ayons atteint la phase plus... intime ensemble. J'ai alors pensé que je franchirai ce pas plus tard, quand je serais vraiment prête.

Luttant pour garder sous contrôle l'afflux d'émotions qui avaient fondu sur lui, Leander appuya une épaule contre le mur.

— J'aurais préféré que tu ne m'aies rien dit. À partir de maintenant, je vais passer mon temps à me demander si *ça* t'est arrivé.

— Je peux t'envoyer un message le jour où *ça* arrivera, si tu veux. Ça t'apaiserait l'esprit ?

Il sourit à sa plaisanterie, mais le cœur n'y était pas.

— Je crois, au contraire, que ça me rendrait encore plus fou.

Ils se regardèrent sans mot dire pendant un long moment, puis Leander rompit le silence.

— Va te reposer, *agapi mou*.

— Bonne nuit, Leander.

La porte se referma doucement derrière elle.

Kate ne pensait pas arriver à s'endormir après sa conversation avec Leander. Pourtant, ses yeux à peine fermés, elle sombra dans le sommeil. Ce fut un rêve saisissant de réalité qui l'en tira en sursaut. Un rêve dont il était, une fois de plus, le protagoniste.

Le cœur battant à tout rompre et le corps encore vibrant, elle serra son oreiller contre sa poitrine tandis que des larmes s'échappaient de ses yeux.

Pourquoi avait-il fallu qu'elle tombe amoureuse de Leander quand il était destiné à Helena ?

Du moins dans un avenir immédiat car, à la fin de la lune de miel, son amie entamerait les démarches pour toucher son héritage et, une fois l'argent versé, leur simulacre de mariage prendrait fin.

Et il était l'équivalent d'un frère à ses yeux.

Kate se souvint subitement d'une conversation avec Helena

un jour où Leander devait venir passer une soirée avec elle à Londres. Comme à chacune de ses venues, Helena lui avait proposé de se joindre à eux. En proie à une mini-attaque de panique, et craignant de perdre de précieuses heures de révision si près de ses examens finaux, Kate avait décliné l'invitation.

— Tu verras, un jour je réussirai à vous réunir dans une même pièce. S'il y a un homme capable de te donner envie de dire adieu à ta virginité, c'est bien Leander, lui avait-elle déclaré.

— Tu m'as pourtant toujours dit que c'était un play-boy.

— C'en est un, mais c'est un type extraordinaire. Vu qu'il ne se posera pas avant d'avoir atteint la cinquantaine, et que tu vas passer ta vie avec les orangs-outangs, en quoi le fait qu'il soit un play-boy te dérange ?

Tout à ses examens, Kate avait totalement oublié cette conversation. Son diplôme en poche, elle était retournée dans le zoo proche de ses chez parents où elle travaillait comme volontaire pendant toutes les vacances scolaires depuis sa deuxième année d'université, mais cette fois en tant que membre rétribué de l'équipe vétérinaire.

Absorbée par son travail et soucieuse d'acquérir l'expérience nécessaire pour postuler au poste de ses rêves, elle n'avait plus pensé ni à Leander Liassidis, ni même à aucun homme.

Lorsque Helena lui avait confié son projet de mariage avec son meilleur ami et les raisons qui l'y poussaient, Kate était en train de faire les demandes de visas et les vaccinations indispensables pour partir à Bornéo. Leander était donc toujours à mille lieues de ses pensées.

À présent, dans quelques jours elle serait en Asie du Sud-Est. Ses sacrifices et ses efforts avaient porté leurs fruits, et le rêve de sa vie était sur le point de se réaliser.

D'un autre côté, Leander peuplait ses rêves d'une manière si vivante, si insistante, qu'il semblait y avoir sa place depuis une éternité. Ses sentiments pour lui étaient si forts qu'il lui parut impossible d'imaginer en éprouver un jour de tels pour un autre homme.

S'être souvenue en cet instant précis des propos d'Helena était un signe du destin.

En un éclair, Kate prit sa décision.

Dans la seconde suivante, elle marchait vers la porte, le cœur tambourinant dans sa poitrine.

Les premières lueurs de l'aube venaient d'apparaître, et Leander ne dormait toujours pas.

Le souvenir des lèvres de Kate, de la douceur de sa peau, de ses regards et de leur conversation monopolisait son esprit. Quelle folie lui avait laissé croire qu'il pourrait trouver le sommeil en la sachant à quelques mètres de lui ?

Si proche et si inaccessible, quand il ne désirait qu'une chose : la faire sienne.

Et le pire était que le désir devait la torturer elle aussi dans la chambre voisine.

Car elle le voulait autant qu'il la voulait...

Le petit coup frappé à sa porte fut si léger qu'il le crut d'abord être un produit de son imagination fébrile. Mais son pouls soudain emballé le poussa à sauter d'un bond hors de son lit pour aller vérifier.

Sur le seuil se tenait Kate.

Son souffle se suspendit.

— Quelque chose ne va pas ?

Sa voix lui parvint à peine audible :

— Je... Ça ne peut pas être avec un autre.

La main de Leander se crispa sur la poignée, il dut déglutir avant de demander :

— Que veux-tu dire ?

— Je veux que ma première fois soit avec toi.

À ces mots, toute trace de la lutte intérieure précédemment

menée s'évapora. Leander la prit dans ses bras. Alors qu'il l'allongeait délicatement sur son lit, elle lui posa une main tremblante sur la joue avant de faire glisser ses doigts dans son cou, puis dans ses cheveux. Après quelques secondes, elle souleva la tête et tendit ses lèvres entrouvertes vers lui.

L'espace d'une fraction de seconde, il eut l'impression que son cœur cessait de battre, que la terre s'arrêtait de tourner, puis il abaissa lentement la tête.

Au moment où leurs bouches s'effleurèrent, une vague bouillonnante caracola dans les veines de Leander. Jamais un feu n'avait brûlé aussi fort en lui.

Les battements du cœur de Kate résonnaient dans chaque parcelle de son corps. Comme Leander approfondissait son baiser, elle sentit sa peau vibrer, chanter de joie. Même si elle l'avait voulu, s'arrêter là lui aurait été impossible.

Mais elle ne voulait pas.

Elle voulait Leander de toutes les fibres de son être. Rien d'autre ni personne ne comptait plus au monde qu'eux. Lui. Elle. Eux deux.

Lorsqu'il releva la tête, le désir incandescent dans ses yeux la fit retenir son souffle tandis que son cœur lui sembla se dilater.

— Oh ! Leander, je...

Kate retint à temps les mots sacrés. Elle vit son regard éperdu, ses lèvres serrées comme s'il se retenait de parler. L'expression de sa torture intérieure menaça de l'empêcher à nouveau de respirer. Lui caressant alors la joue, elle murmura :

— Fais-moi l'amour. Je t'en supplie, Leander, fais-moi l'amour.

— Seigneur, Kate, marmonna-t-il d'une voix rauque. Tu n'as aucune idée de ce que tu éveilles en moi.

Et il reprit possession de sa bouche.

Le corps et le cœur enflammés, Kate ferma les yeux et s'abandonna aux lèvres avides de Leander. Lorsqu'elles délaissèrent les siennes pour descendre dans son cou, un frisson la parcourut. Elle sentit ses doigts défaire un à un les boutons de sa chemise, posant à chaque étape un baiser sur sa peau enfiévrée. Arrivé au dernier, il repoussa les deux pans sur le côté.

Sa nudité exposée pour la première fois à un regard masculin, Kate rouvrit les yeux. Ceux de Leander exprimaient un émerveillement semblable à celui éprouvé face à un cadeau tombé du ciel.

Comment avait-elle pu croire lire en eux du dégoût, se demanda-t-elle avant de cesser de se poser des questions lorsque, prenant ses seins en coupe, il en caressa les pointes du bout des pouces. Les sensations qui fusèrent aussitôt dans tout son corps furent son propre cadeau des cieux et enflammèrent le cœur de son intimité au moment où il referma sa bouche autour d'un téton.

Caresses, baisers, mordillements, se succédèrent. Les lèvres de Leander descendirent le long de son ventre, lui arrachant d'irrépressibles gémissements. Même le frottement de sa barbe naissante sur sa peau intensifiait son plaisir.

Kate se perdit alors dans cette vénération de son corps, s'abandonna totalement aux sensations. Aussi, lorsqu'il lui écarta les cuisses et abaissa son visage vers son intimité, elle trouva cela le plus naturel du monde.

Une évidence s'imposa à son esprit tandis qu'un gémissement lui échappait au contact de sa bouche au cœur de sa féminité. Ce n'était pas elle, le cadeau des cieux à Leander. C'était lui, le sien. Son désir de lui ne connaissait aucune limite. Chaque centimètre de sa peau réclamait plus de ses baisers, plus de ses caresses.

Et elle voulait plus de lui.

Elle le voulait en entier.

Leander se redressa alors, puis reprit possession de sa bouche.

Kate répondit avec passion à son baiser.

Sentant alors ses doigts caresser son intimité, elle se cambra contre lui, incapable de résister au besoin de son corps. À son besoin de lui.

Bien que proche du point où toute maîtrise le déserterait, et malgré l'inconfort que lui causait son désir culminant, Leander réprima sa hâte de faire Kate entièrement sienne. En quelques heures, elle était devenue la seule femme de son existence. Jamais il n'avait lu dans le regard de ses maîtresses autant de passion, autant de confiance. Une confiance telle qu'elle allait lui faire le plus inestimable des cadeaux.

Elle est vierge, se répétait-il inlassablement pour garder le contrôle de ses pulsions. Et il avait presque l'impression de l'être aussi, comme si les seins de Kate étaient les premiers qu'il voyait, caressait...

Son corps semblait avoir été créé à sa seule intention, son odeur et la texture de sa peau inventées pour lui enivrer les sens. Tout en elle était magnifique.

— Tu es si belle, murmura-t-il contre sa bouche. Je te désire tellement.

Mais ce n'était pas sa seule beauté qui l'attirait irrésistiblement, la sincérité qui brillait dans ses yeux le fascinait aussi.

— Je te veux, Leander.

— Une seconde, je dois nous protéger d'abord.

Elle lui saisit le bras, ses yeux le suppliant de ne pas la quitter.

— Je suis protégée.

Le regard de Kate vint à bout de son ultime soupçon de maîtrise. Sans la lâcher des yeux, il lui prit une main et entrelaça ses doigts aux siens, puis posa l'autre sur sa hanche avant de se positionner entre ses jambes. Brusquement, les battements de son cœur se firent alors tonitruants dans ses oreilles. Cette fois, ils avaient atteint le point de non-retour. Abaissant la tête, il posa sa bouche sur la sienne entrouverte.

Comme l'érection de Leander pressait son intimité, un frisson parcourut la peau de Kate.

Elle eut l'impression d'avoir attendu ce moment toute sa vie.

Ses mains, tout à la fois fermes et douces, qui la maintenaient lui procurèrent un profond sentiment de sécurité. Si elle avait éprouvé la moindre peur, leur contact l'aurait immédiatement fait disparaître. Mais elle n'en éprouvait aucune, pas avec Leander. Bien au contraire, elle lui donnait son cœur et son âme en toute confiance.

Ses lèvres effleurant les siennes, il la pénétra très lentement, la laissant s'habituer à cette nouvelle sensation, jusqu'à ce que leurs deux corps soient étroitement joints.

Ils restèrent immobiles un long moment. Kate regarda Leander, émerveillée. Elle lui appartenait enfin. Cet homme si extraordinaire la possédait.

Soudain, il se retira légèrement et entama un lent va-et-vient. Au fur et à mesure que le rythme s'accélérait, elle sentit son corps s'épanouir et un plaisir tout nouveau monter, puis culminer. D'une seconde à l'autre, une myriade de sensations vibrantes explosèrent en elle. Ensemble, ils atteignirent alors la jouissance suprême dans un cri partagé.

Kate n'aurait jamais imaginé que l'acte d'amour puisse être si merveilleux. Dans le silence qui suivit, tandis que leurs souffles s'apaisaient, elle mesura la beauté du moment. Elle s'était totalement donnée à Leander, mais lui s'était aussi totalement donné à elle.

Il l'avait fait se sentir belle.

Quoi qu'il arrive après, cette nuit resterait gravée dans son cœur et elle en chérirait le souvenir à jamais.

Leander aurait aimé garder cette fusion avec Kate mais, craignant d'être trop lourd pour elle, il roula sur le côté et l'attira sur lui.

Le menton posé sur ses cheveux, il lui caressa le dos, se souvenant de la manière dont ses yeux s'étaient écarquillés au fur et à mesure que son plaisir s'intensifiait. Jamais il n'avait lu un tel émerveillement et une telle admiration dans les yeux de ses maîtresses.

Faire l'amour avec elle avait tout simplement été extraordinaire. Aucun autre mot n'était à la hauteur pour qualifier ce qui venait de se passer entre eux.

Même en cet instant, ses doigts fins traçant de petits cercles sur son torse le faisaient frissonner, lui donnaient envie de recommencer sur-le-champ.

Les minutes passèrent dans cette si douce intimité, puis il demanda :

— Quand t'envoles-tu pour Bornéo ?

Elle leva la tête.

— Lundi soir.

— Alors, reste avec moi jusqu'à dimanche, murmura-t-il contre ses lèvres.

— Tu rentreras en Grèce, après ?

À cette question, un poids soudain comprima le cœur de Leander.

— Bien sûr, j'ai donné ma parole à Leo.

Il vit alors des larmes emplir les yeux de Kate.

— Promets-moi aussi que tu le feras. Notre relation ne peut nous mener à rien. Je vais commencer une nouvelle vie à des milliers de kilomètres de l'Europe et ta place est avec...

À sa grande horreur, Kate s'aperçut qu'il lui était impossible de prononcer le prénom de son amie. L'ampleur de sa trahison la frappa de plein fouet. Un voile obscurcit les yeux de Leander. De toute évidence, il avait lu ses pensées car il la fit rouler sur le dos, puis se releva sur un coude.

— Écoute-moi, Kate. Tu n'as rien fait de mal. Helena n'éprouve aucun sentiment autre que de l'amitié envers moi. Tu le sais, n'est-ce pas ?

— Oui, mais...

— Il n'y a pas de « mais » qui tienne, l'interrompit-il fermement. Nous sommes tous deux des adultes libres et consentants. Si elle savait ce qui est arrivé entre nous, elle en serait heureuse.

Kate déglutit pour libérer la boule montée dans sa gorge.

— Tu dois aller la retrouver, être son mari.

— Je le sais et je le ferai. Quand tu rentreras en Angleterre préparer tes valises pour l'Asie du Sud-Est, je retournerai en Grèce.

Le cœur lourd, elle demanda :

— Tu me le promets ?

— Promis-juré, répondit-il en lui déposant un baiser sur le bout du nez. Nous retournerons dans le monde réel dimanche. Jusque-là, le temps nous appartient à tous les deux. À nous seuls. Prétendons que le monde réel n'existe pas.

— Et moi qui te croyais incapable de prétendre ! dit-elle avec un petit sourire en coin.

Leander l'embrassa alors avant de répondre :

— Pour toi, mon petit lutin, je prétendrais n'importe quoi.

8

— Alors, vas-tu me dire enfin où nous allons ? lança Kate en s'installant dans le profond siège passager de la voiture de sport ?

Une fois assise, elle se demanda pourquoi Leander prenait la peine d'ouvrir la portière quand il lui aurait été si facile de l'enjamber, puis comment il était arrivé à caser son grand corps dans l'habitacle restreint – probablement parce que son petit bolide était décapoté.

Le but de cette sortie, annoncée à la fin de leur petit déjeuner après deux jours passés presque exclusivement au lit, lui fut enfin révélé.

— On va faire du shopping.

— C'est ça ta grande surprise ? Du shopping ?

— Tu n'as pas l'air très impressionnée.

— Je m'attendais à quelque chose de plus exotique, vu tes airs mystérieux.

Un grand sourire ravi étira la bouche de Leander, qui se pencha pour lui déposer un baiser sur les lèvres.

— Étant donné le peu d'usage que tu as fait de mes vêtements, j'en ai déduit que ma garde-robe ne te plaisait guère.

Les joues soudain brûlantes, Kate lui décocha un sourire narquois tout en posant les pieds sur le tableau de bord et en laissant délibérément glisser les pans de sa chemise sur le haut de ses cuisses.

— Un peu de tenue, jeune fille, grommela-t-il en démarrant.

— C'est toi qui as voulu sortir. Traîner dans ta maison ne me dérangeait pas.

— Traîner ?

— Comprends ce que tu veux.

Défaisant alors un bouton supplémentaire de la chemise – la sienne depuis qu'elle avait décidé d'emporter toutes celles qu'elle avait portées en quittant la Californie –, elle exposa ses seins nus.

— C'est moi, où il fait vraiment chaud aujourd'hui ?

Faire l'amour à toute heure du jour et de la nuit avait ouvert les yeux de Kate au plaisir. Leander était un professeur on ne peut plus disposé à lui enseigner l'art de la sensualité, et elle une élève enthousiaste, mais elle n'avait nulle envie de perdre du temps dans les boutiques quand il leur en restait si peu à passer ensemble.

Le regard fixé sur la route, il répondit :

— Si tu essayes de me distraire, ça ne fonctionne pas. Que tu le veuilles ou non, je t'emmène faire des achats.

— Je croyais que les milliardaires faisaient venir les boutiques à eux.

— Mes tailleurs viennent à moi. Comme aujourd'hui c'est toi que nous allons habiller, il est plus rapide de faire un saut à Marina Sands et d'acheter du prêt-à-porter que de déplacer une équipe pour te monter une garde-robe sur mesure.

Kate soupira et reboutonna sa chemise.

— C'est très généreux de ta part, mais je n'ai pas besoin de vêtements.

Tout en quittant l'allée privée pour s'engager sur la grand-route, Leander lui posa une main sur la cuisse.

— Crois-moi, je te préfère sans vêtements.

Elle écarta sa main d'une chiquenaude avant de répliquer d'un air guindé :

— Un peu de tenue, jeune homme.

Il éclata de rire, lui saisit les doigts et les porta à ses lèvres.

— Je compte te sortir demain soir. Or, aussi sexy sois-tu dans mes chemises, tu ne te sentirais pas à l'aise dedans là où nous irons.

La bonne humeur de Kate descendit d'un cran.

— Je ne veux pas sortir.

— Fais-moi confiance. Tu serais désolée de rater l'endroit où je veux t'emmener.

— Mais c'est...

Elle se tut brusquement. Dire que ce serait leur dernière nuit ensemble rendrait la séparation réelle. À la place, elle opta pour :

— Mais imagine qu'on te reconnaisse. Tu es censé être en lune de miel.

C'était la première fois que l'un d'eux mentionnait le sujet sensible. Ils n'avaient pas davantage parlé de leurs futurs immédiats. Kate avait seulement averti Helena du retour certain de son fiancé en Grèce le dimanche, et sa mère de sa propre arrivée le même jour. Cela allait lui laisser moins de vingt-quatre heures en famille avant son départ pour Bornéo, mais elle avait préféré ne pas y penser et savourer son temps hors du monde réel avec Leander.

Ces quelques jours ensemble avaient été les meilleurs de sa vie. Or, quitter le refuge de sa villa lui rappelait combien leur temps ensemble était compté.

Leander soupira.

— Nous ne craignons rien ici. Les seuls habitants que je connais sont les surfeurs, aucun d'eux ne lit les tabloïds européens et à leurs yeux je ne suis qu'un simple gars riche amateur de vagues.

Acceptant sa défaite, Kate ferma les yeux et offrit son visage à la douce brise. S'ils ne pouvaient pas rester au lit ensemble, être avec lui ailleurs était le second meilleur choix.

— Comment es-tu devenu si riche ?

Il rit.

— La chance et être au bon endroit au bon moment ont joué un grand rôle.

— Mon père dit toujours que l'on est l'artisan de sa propre chance.

— Ton père n'a pas tort. J'ai toujours été doué pour la technologie. C'était la voie rêvée pour me permettre de faire fortune. Lorsque j'ai lancé ma première appli de paiement instantané, il en existait trois autres en développement à ma connaissance. Mon produit était meilleur et d'une sécurité à toute épreuve. Si toutefois j'avais commis une erreur, ou si mes concurrents avaient été plus rapides, j'aurais dû rentrer chez moi car j'avais investi dans ce projet la totalité de l'argent que mes parents m'avaient donné.

— Donc si ça n'avait pas marché tu aurais tout perdu ?

— Le fait de savoir que ma famille était là pour moi m'a facilité les choses.

— Tes parents t'auraient laissé entrer dans les affaires familiales malgré ton refus initial ?

— Je n'y serais pas entré. Le commerce maritime n'est pas mon truc. Je me serais réinstallé dans ma chambre d'enfants et j'aurais travaillé quelque part jusqu'à ce que je gagne suffisamment d'argent pour ouvrir mon propre bar à cocktails.

S'attendant à ce que Kate rie comme la plupart des gens le faisaient lorsqu'il parlait de son rêve d'adolescent, Leander fut agréablement surpris de l'entendre dire d'un ton pensif :

— Je te vois bien faire ça.

— Vraiment ?

— Oui. Tu fais d'excellents cocktails et tu es si sociable que les gens afflueraient dans ton bar. Pour être franche, ça te conviendrait mieux que les affaires. Maintenant que tu as amassé une fortune, n'es-tu pas tenté de vendre ta société et de t'acheter un bar ?

— J'en caresse souvent l'idée, admit-il en se garant sur le parking de Marina Sands.

— Qu'est-ce qui t'arrête ? Tu as sûrement déjà prouvé tout ce que tu avais à prouver.

— Je n'ai jamais cherché à prouver quoi que ce soit.

— Si c'était le cas, tu aurais utilisé l'argent de tes parents pour ouvrir le bar de tes rêves et serais devenu une de ces personnes qui griffonnent leurs brillantes idées sur des serviettes en papier avec de la musique reggae en fond sonore plutôt que de les réaliser.

Leander coupa le moteur.

— Les bars à cocktails ne rapportent pas assez. C'est pourquoi je me suis lancé dans la technologie.

— Tu es assez riche pour vivre jusqu'à la fin de tes jours sans manquer d'argent. Alors, prends ta retraite, ouvre ton bar et griffonne tes brillantes idées sur des serviettes en papier.

Elle lui jeta un regard amusé avant d'ajouter :

— À moins que je n'aie raison et que tu veuilles encore prouver le bien-fondé de ta décision de partir suivre ta propre voie.

Stupéfait de sa perspicacité, Leander répondit au baiser que Kate lui planta sur les lèvres.

— Allez, finissons-en avec la corvée des vêtements, déclara-t-elle en descendant de voiture.

Main dans la main et lunettes de soleil sur les yeux, ils se dirigèrent vers l'avenue principale. Leurs pieds laissaient des marques sur les trottoirs recouverts d'une fine couche de sable. Le vent les effacerait avant qu'ils reviennent à la voiture, pensa Leander le cœur soudain serré. Sa relation avec Kate était passagère, et il supposa que c'était cette impermanence qui rendait tout entre eux si intense et lui permettait de vivre pleinement ce qu'ils partageaient. Dire au revoir à Kate serait difficile, il n'en doutait pas, mais la vie était difficile et il aurait de doux souvenir d'elle. Et aucun regret.

Ce qu'ils vivaient ensemble était remarquable. Leur séparation le serait aussi.

Il ne pouvait cependant pas se résoudre à envisager ce qui suivrait.

Par chance, ils arrivèrent en cet instant sur la grande avenue bordée d'arbres et de magasins.

Kate écarquilla les yeux à la vue du nombre de boutiques, de cafés, et des gens vêtus à la pointe de la mode qui y entraient ou en sortaient, dont beaucoup de femmes tenant en laisse des chiens de toutes races.

— Tous les gens sont super riches ici, ou quoi ?

— Pas tous. Mes copains surfeurs partagent une maison en bordure de mer que Danny, l'un d'eux, a hérité de sa grand-mère. Ils travaillent dans les bars et restaurants locaux pour subvenir à leurs besoins et passent le reste de leur temps sur leurs planches.

— C'est pour le surf que tu as acheté une propriété ici ? lança-t-elle, se souvenant de sa maîtrise des vagues.

— En partie. Marina Sands est très proche de San Francisco par hélicoptère. Ça me permet de surfer tous les jours et de travailler quand je suis ici.

Elle lui demanda alors avec une feinte innocence :

— Comment se fait-il que ta combinaison soit restée sèche ces derniers jours ?

Il la surprit en l'attrapant par la taille pour murmurer contre ses cheveux :

— Parce que entre passer la journée sur les vagues ou avec toi dans un lit, mon choix est vite fait.

— Alors, répliqua-t-elle en se pressant contre lui, cesse de perdre ton temps ici et ramène-moi dans ton lit.

Pour la première fois depuis qu'ils étaient devenus amants, Kate était frustrée. Non seulement son corps réclamait de rattraper le temps perdu après une si longue chasteté, mais, en plus, elle avait envie de profiter de Leander chaque minute. Elle se demandait même comment il lui avait été possible d'ignorer sa sensualité flagrante pendant une semaine entière à ses côtés en Grèce. Plus ils faisaient l'amour, plus elle avait envie de lui. Une soif soudaine de plaisir impossible à satisfaire dans les deux jours restants.

Se penchant davantage, il chuchota d'une voix rauque contre ses lèvres :

— Choisis la première robe qui te plaît et tout ce dont tu as besoin, et nous rentrons. Voilà la boutique où je souhaitais t'emmener.

Dans la minute suivante, Kate se retrouva plongée dans le monde étranger de ce qui lui sembla être la haute couture bohème. En temps normal, se voir demander de choisir tout ce qu'elle voulait dans une telle boutique l'aurait fait délirer de joie, mais en cet instant le désir la terrassait. Et, pire, la lueur brillante dans les yeux de son amant lui disait qu'il savait exactement dans quel état il l'avait mise.

La responsable de la boutique vint à leur rencontre. Leander lui expliqua son projet – offrir à Kate la garde-robe de son choix – puis, sur une vague excuse, repartit vers la porte.

Stupéfaite qu'il la laisse seule, elle demanda :

— Où vas-tu ?

— À deux pas d'ici. Je serai de retour dans dix minutes tout au plus.

Le cœur de Kate se serra en le voyant sortir. Dans deux jours, son départ serait définitif...

Décidée à ne pas penser au-delà du temps qui leur était possible d'avoir, elle se laissa guider vers les rayons. Un moment plus tard, les bras chargés de trois robes – entre lesquelles Kate n'arrivait pas à choisir –, de sous-vêtements, de chaussures et d'autres accessoires, la gérante la conduisit dans un salon d'essayage. Sa taille, son ameublement luxueux ainsi que les boissons de toutes sortes mises à disposition des clientes la laissèrent coite.

— Souhaitez-vous que je reste et vous aide ?

— Non, je vous remercie, ça ira.

Il n'était pas question d'ôter devant cette jeune femme la chemise sous laquelle elle ne portait que son seul short.

Kate essaya d'abord les sous-vêtements. Tous lui allaient à la perfection. Vint ensuite le tour des robes. La première, un fourreau court en soie bleu marine, avait un décolleté un peu trop plongeant à son goût qui ne nécessitait pas le port d'un soutien-gorge. Curieuse toutefois de voir l'effet final, elle l'enfila et, n'arrivant pas à remonter la fermeture Éclair, pressa le bouton d'appel.

Quelques secondes plus tard, un coup fut frappé à la porte.

Kate l'ouvrit et se retrouva face à Leander. Une lueur aussi appréciatrice que sensuelle éclairait son regard sombre.

— Vous avez demandé de l'aide, madame ?

La bouche soudain sèche, elle répondit :

— Oui. Cette fermeture Éclair est coincée.

— Puis-je la remonter ou préférez-vous que j'appelle une vendeuse ?

Relevant le menton, elle le défia du regard.

— Je crains de ne pas avoir le temps d'attendre son arrivée.

Sur un sourire entendu, Leander entra dans la pièce et verrouilla la porte derrière lui.

Après l'avoir déshabillée d'un regard gourmand, il s'approcha.

— Retournez-vous, s'il vous plaît.

Kate obéit, tremblante d'excitation et le cœur battant en anticipation.

Au contact de ses doigts suivant le mouvement de la fermeture à glissière, un long frisson lui parcourut la peau. Elle réussit cependant à ne pas se laisser aller contre lui. La robe fermée, elle se retourna :

— Qu'en penses-tu ?

Leander ne sut ce qu'il admira le plus de la beauté de Kate sublimée dans ce vêtement qui couvrait moins de peau qu'il n'en révélait, ou du désir qui brûlait dans ses yeux et colorait ses pommettes.

Glissant les doigts sous le léger tissu du décolleté, il fit rouler le bout d'un téton dressé entre son pouce et son index, lui imprimant une pression juste assez sentie pour arracher à Kate un gémissement de plaisir.

— Je pense, dit-il d'une voix rauque en intensifiant sa caresse, que si je te sors habillée dans cette tenue je me ferai arrêter pour comportement indécent.

Comme un nouveau gémissement lui échappait, il lui posa un doigt sur la bouche, la fit reculer jusqu'au mur et murmura :

— Pas un mot de plus.

Glissant alors une main sous la robe, il la remonta à l'intérieur de ses cuisses. Excité de la trouver prête, il s'appliqua à lui donner du plaisir. Qu'il doive attendre leur retour à la villa pour prendre le sien lui importait peu. Voir Kate jouir était un plaisir hédoniste en soi. Être celui qui lui offrait cette jouissance en était un absolument… incomparable.

Leander n'avait jamais été autant à l'écoute des besoins et des désirs d'une femme. Pour la première fois de sa vie, il comprit ce qu'était de donner du plaisir sans en attendre en retour.

Au moment où, le corps secoué de spasmes, elle pressa ses lèvres dans son cou pour étouffer un ultime gémissement, il sut qu'il aurait beau passer sa vie à chercher une autre Kate, il n'en trouverait aucune.

Une fois remise du plaisir que lui avait accordé Leander, Kate ne se sentant plus en état d'essayer les autres robes, il insista pour prendre les trois ainsi que les autres sous-vêtements et accessoires assortis.

Après avoir donné son adresse pour la livraison, il voulut aller prendre un café avant de rentrer à la villa. Selon lui, venir à Marina Sands et ne pas en expérimenter l'ambiance aurait constitué un crime.

Ils s'installèrent donc à la terrasse d'un établissement surplombant l'océan pour siroter un cappuccino et déguster un gâteau au chocolat.

Kate se sentait ridiculement heureuse.

— C'est si paisible, ici.

— Je trouve aussi, répondit-il. De toutes mes propriétés, celle d'ici est une de mes préférées.

— Quelle est ta préférée entre toutes ?

Leander fronça les sourcils, l'air de réfléchir intensément.

— Hum... Difficile de décider. Marina Sands est la meilleure pour le surf, New York pour la vie nocturne, Milan pour les boutiques, les Seychelles pour la plongée avec tuba, la Suisse pour le ski...

— La Suisse n'était pas sur ma liste de tes propriétés, l'interrompit-elle.

— J'ai vendu mon chalet là-bas l'hiver dernier et ai acheté le nouveau il y a dix jours.

— Où, à Klosters ?

— Non, à Gstaad.

— La plupart des filles de mon pensionnat avaient des résidences secondaires dans ces deux villes.

— Tu y es déjà allée ?

Kate secoua la tête.

— Personne ne m'y a invitée. De toute manière, mes parents

détestaient me savoir loin d'eux. Ils voulaient me voir rentrer chaque week-end et pendant toutes les vacances.

Seule Helena lui avait proposé de venir chez elle en vacances, mais son nom n'ayant plus été mentionné depuis qu'ils étaient devenus amants, Kate se garda de le préciser.

— Je me souviens t'avoir entendue dire que ton école était dans la ville voisine de celle où habitaient tes parents. Pourquoi t'avoir mise pensionnaire s'ils détestaient être séparés de toi ?

— Pour une question de commodité. Maman ayant des horaires variables, si j'avais été externe, papa aurait dû m'accompagner et venir me chercher.

— Ta mère est infirmière, et ton père électricien, c'est ça ?

— Oui, et il arrive à papa de finir tard aussi. Donc il aurait perdu un temps fou le soir avec la circulation. On se serait débrouillés, bien sûr, mais dans la mesure où j'avais obtenu une bourse complète incluant l'hébergement – à notre stupéfaction générale car on s'attendait tout au plus à la prise en charge des frais scolaires – il aurait été dommage de ne pas en profiter.

— Tes parents ont l'air formidables.

— Ils le sont. Ils m'ont soutenue en tout et tout du long de mes études. Mes frères aussi, d'ailleurs. Même George qui passe son temps à me taquiner.

— C'est ton frère le plus proche de toi en âge, n'est-ce pas ?

— Dis donc, tu as une mémoire d'éléphant ! George a en effet trois ans de plus que moi. Il se moquait sans arrêt de moi, me disait que j'étais trop stupide pour réussir mes examens et que je devrais m'estimer heureuse si on m'accordait de nourrir les animaux dans un zoo. En fait, il me préparait à un éventuel échec, mais j'ai eu la chance d'obtenir mon diplôme.

— Ta chance, tu la dois à ton travail acharné.

— Et au soutien familial ainsi qu'aux sacrifices que tous ont faits. Sans eux, je ne m'envolerais pas pour Bornéo lundi. Je dois ma bourse aux cours particuliers que mes parents m'ont payés pour me mettre au niveau demandé, et une fois en pension, il y avait toujours des frais supplémentaires et de nouveaux cours particuliers. Maman a donc pris des gardes supplémentaires, papa des chantiers supplémentaires, et mes frères ont accepté cela sans se plaindre de ne s'être jamais vu donner des opportunités équivalentes. Ils auraient pu m'en vouloir, mais ne l'ont pas fait. Ils m'aimaient et me soutenaient. Mon rêve était devenu leur rêve, j'imagine.

Que la famille Hawkins se soit mobilisée à ce point pour aider à la réalisation du rêve d'une fillette de sept ans stupéfia Leander.

— T'es-tu concentrée sur tes études par peur de décevoir les tiens ?

— Plutôt par peur que leurs sacrifices se révèlent vains si j'échouais. Cette pensée me motivait lorsque je me sentais sur le point d'abandonner face aux difficultés.

— Sans cette peur, aurais-tu pu bifurquer vers une autre voie ?

— Certainement pas. Rien ne m'a suffisamment tentée pour que j'envisage une autre voie. À part les courses automobiles.

— Pardon ? demanda Leander surpris.

— Oui. Mes frères en sont passionnés. Il m'arrivait de m'imaginer prendre le volant d'une Ferrari et les laisser loin derrière. Ce qui ne risquait pas de se produire vu la vitesse à laquelle je conduis.

Il sourit et lui prit la main.

— Ta famille s'est faite à l'idée de te savoir partie à l'autre bout du monde ?

— Oui, ils ont eu le temps en vingt ans. Ce sera quand même difficile, mais on s'appellera en vidéo. De plus, selon mon contrat, j'ai droit à un retour en Angleterre chaque année pour Noël. Donc je ne vais pas disparaître entièrement de leurs vies. Et rien ne les empêche de venir me voir à Bornéo. On s'est toujours débrouillés pour garder des liens étroits. Il en sera de même cette fois.

— C'est bien.

Mais cela rappela à Leander que lui avait pris la décision d'aller s'installer sur un autre continent en ne prévenant son frère qu'une semaine à l'avance. Il savait que voler vers sa liberté compromettrait leur relation, mais n'avait pas imaginé à quel point.

Il n'avait pas imaginé qu'au bout du compte il perdrait Leo. Il perdrait une moitié de lui.

Une foule de souvenirs lui déferla soudain dessus. Quel plaisir ils prenaient à intervertir leurs identités dans l'enfance. C'était bien avant qu'il commence à mal supporter de ne pas en avoir une en propre...

La main de Kate sur sa cuisse interrompit sa réflexion.

— Allô ? La Terre à Leander.

Il sourit d'un air contrit.

— Excuse-moi. Que ta famille se soit attendue depuis si longtemps à ton départ m'a fait penser à mes parents le jour où j'ai annoncé ma décision de prendre l'argent et de partir. Avec le recul, ils n'ont pas manifesté la moindre surprise. Ils savaient déjà que je ferais ça, je pense.

— Leo était donc le seul à ne pas savoir ?

Agacé, Leander secoua la tête en soupirant.

— Bien sûr qu'il le savait. Il me connaît mieux que quiconque. Il refusait simplement de le voir ou de l'admettre.

— Il l'avait peut-être soupçonné, mais si tu n'en avais jamais parlé...

— Crois-moi, il savait.

En fait, Leander n'avait cessé de donner le change, de dissimuler ses intentions, de repousser le moment de distendre le lien avec son frère et lui briser le cœur.

— Et lorsque les rôles ont été inversés au moment des

problèmes de Liassidis Shipping, tu savais qu'il avait besoin de ton soutien, mais tu as refusé de le lui offrir sans sa demande expresse. Pour des jumeaux qui sont censés ne rien avoir en commun, je vous trouve tous deux dotés d'une fierté et d'une obstination tenaces.

Pour la première fois depuis qu'ils étaient devenus amants, Leander sentit un début de colère monter envers Kate, puis il lut la compréhension dans son regard et se calma. Il ne pouvait s'en prendre qu'à lui d'avoir abordé le sujet, même si sa remarque – quoique vraie – était un peu trop directe.

— Je ne te juge pas, reprit-elle en lui saisissant la main. Je trouve seulement triste que vous soyez séparés depuis tant d'années.

Elle lui embrassa alors le bout des doigts avant d'ajouter :

— Prêt à rentrer à la villa, jeune homme ?

Leander se leva en souriant. Gérer le désir était bien plus facile que revenir sur ce passé douloureux. Et son désir pour Kate était insatiable.

Kate, qui avait décelé l'accès de colère de Leander à la suite de son commentaire sur un point qui, somme toute, ne la regardait pas, fut soulagée de l'entendre répondre avec une lueur éloquente dans les yeux :

— Plus que prêt, ma petite princesse.

Alors qu'ils marchaient main dans la main vers la voiture en discutant gaiement, elle prit conscience du courage dont avait dû faire preuve Leander pour demander son aide à son frère le samedi précédent.

9

La délicieuse sensation d'un baiser sur son front réveilla Kate.

Dans la seconde suivante, Leander lui mordillait l'oreille tout en murmurant :

— Il est temps de te lever, petite marmotte.

Lui passant une jambe par-dessus le ventre et un bras autour du cou, surprise de sentir le contact d'un bermuda ainsi que d'un T-shirt, elle dit mentalement adieu à leur habituel câlin du matin et ouvrit les yeux.

Son regard rencontra un sourire séducteur, puis la bouche de son amant prit la sienne. Elle sentait le dentifrice, et sa peau le savon.

— Tu t'es douché sans moi, grogna-t-elle lorsqu'il écarta ses lèvres des siennes.

— J'ai préféré te laisser dormir un peu plus longtemps car tu as affreusement ronflé toute la nuit.

— Vraiment ?

— Oui, une véritable torture pour mes oreilles.

Se dégageant de ses bras sans tenir compte de son froncement de sourcils réprobateur, il traversa la chambre en sifflotant.

Intriguée, Kate leva la tête. Sa déception disparut en le voyant prendre un plateau sur la table basse et l'apporter jusqu'au lit.

Il souleva alors la cloche argentée, révélant un grand plat de sandwichs aux œufs brouillés et au bacon.

La délicieuse odeur qui s'en dégageait éveilla sa faim. Elle décida alors de l'assouvir avant de déshabiller son amant pour assouvir la seconde – charnelle, elle – de lui.

Les sandwichs au bacon étant ses préférés, Kate s'empressa de s'asseoir et d'en prendre un.

Après avoir posé le plateau au bord du lit et s'être installé à côté d'elle, Leander saisit deux flûtes – remplies d'un liquide dont la couleur orangée lui fit penser qu'il s'agissait de jus d'orange pétillant – et lui en tendit une.

— À ta santé, dit-il en levant la sienne.

Kate trinqua, puis avala une longue gorgée. Surprise de sentir le goût de l'alcool, elle demanda :

— Qu'est-ce que c'est ?

— Un buck's fizz.

— Un buck's fizz au petit déjeuner ?

— Pourquoi pas ? répliqua-t-il en souriant avant de mordre dans un sandwich.

En effet, pourquoi ne pas profiter intensément de chaque moment ensemble ? Leander avait le don de faire de chacun d'eux une fête. Kate dégusta donc le cocktail, les sandwichs et deux tasses de café tout en discutant avec lui, puis se rallongea contre les coussins, prête à accueillir son dieu grec dans ses bras.

Il se pencha vers elle, mais au lieu de l'embrasser tira de la poche de son bermuda un petit paquet-cadeau qu'il lui présenta sur sa paume.

Stupéfaite, elle se redressa le cœur battant.

— Joyeux anniversaire, *agapi mou*.

Carrément sidérée, elle le regarda sans pouvoir formuler le moindre mot.

— Vas-y, dit-il. Ouvre-le.

Elle ouvrit la bouche, incrédule.

— Comment savais-tu que c'est aujourd'hui ?

Kate avait été tellement prise dans la magie des jours avec

Leander que son anniversaire lui était sorti de l'esprit. Elle y avait pensé seulement la veille, mais n'avait rien dit car en parler aurait eu l'air d'attendre un cadeau de lui.

— Lorsque tu m'as dit avoir toujours été la plus jeune de ta classe, je me suis souvenu qu'Helena avait décommandé une soirée avec moi à Londres l'an dernier parce que c'était ton anniversaire. Elle avait même refusé de me laisser m'incruster dans votre petite fête.

Leander sourit à ce souvenir. Se força à sourire, en fait, car il pensa soudain à la tournure différente qu'aurait pu prendre sa vie s'il avait rencontré Kate un an plus tôt, avant qu'Helena sollicite son aide pour toucher son héritage. Aucun obstacle n'aurait alors existé entre Kate et lui…

Écartant cette pensée, il poursuivit :

— J'ai donc demandé à mon assistante de consulter mon emploi du temps et de me donner la date de mes déplacements à Londres l'été dernier.

À la vue de Kate, passant délicatement une mèche de cheveux derrière une oreille, son cœur se serra. Elle était si adorable…

— C'est pour ça que tu m'as laissée seule dans la boutique hier ?

— Bien deviné, répondit-il avec une légèreté forcée.

Forcée, car il venait de réaliser que jamais auparavant il n'avait acheté de cadeau à une maîtresse. Shereen le faisait à sa place.

Or il n'avait pas songé une seconde à charger son assistante de trouver un cadeau pour Kate. Il avait voulu le choisir lui-même, avait même su ce qu'il lui offrirait et avait eu la chance de le trouver très vite.

— Alors, vas-tu l'ouvrir ? demanda-t-il, s'appliquant à dissimuler son impatience.

Kate prit enfin le paquet qu'il lui tendait.

Leander ne la lâcha pas des yeux pendant qu'elle défit le

nœud avec soin, posa le ruban sur la table de chevet, puis marqua une légère hésitation avant d'appuyer sur le fermoir de l'écrin, dévoilant deux puces d'oreilles en diamant.

Attendre sa réaction l'empêchait presque de respirer. Lorsqu'il offrait à ses maîtresses un bijou venu de chez un joaillier célèbre, elles s'extasiaient et se répandaient en remerciements. Des remerciements trop abondants d'ailleurs, comme en rapport avec leur valeur ou une signification profonde. Or, à ses yeux, ces cadeaux de prix – choisis par Shereen – n'en avaient aucune.

Ce cadeau, en revanche, en avait une.

Et qu'il plaise à Kate était hautement important pour lui.

Comme elle se taisait, il précisa :

— Je me suis souvenu d'une de tes réflexions concernant le port de bijoux à Bornéo. Ils étaient déconseillés pour des raisons de sécurité, sauf les puces d'oreilles.

Elle leva enfin les yeux vers lui.

Le torse contracté à la vue du voile qui intensifiait leur éclat, il ajouta :

— Tu devrais donc pouvoir porter celles-ci. Si tu le veux, bien sûr.

Kate cilla pour refouler ses larmes, sans savoir s'il s'agissait de larmes de soulagement ou de déception.

Les deux diamants nichés dans le velours de l'écrin scintillaient de mille feux sous la lumière matinale. Si magnifiques...

Elle porta alors une main sur la joue rasée de frais de Leander.

— Oh ! oui, je le veux. Merci, elles sont si belles. Parfaites, même. Je les porterai toujours.

Sentant l'émotion sur le point de la submerger, elle posa les lèvres sur celles de Leander et lui pressa la nuque pour approfondir son baiser, tout en luttant pour contenir un nouvel afflux de larmes.

Sa réponse passionnée lui fit oublier son émotion au profit

de sensations, et elle passa cette nouvelle journée dans sa bulle de bonheur, refusant de songer à leur séparation du lendemain.

Le soir venu, après avoir fini de se préparer dans la salle de bains, Kate répondit au dernier message du chef de cabine du jet, en envoya un à sa mère, puis rangea son téléphone dans son sac, le cœur soudain très lourd.

C'était bien qu'ils sortent, pensa-t-elle. Être avec Leander dans un cadre différent en présence d'inconnus la distrairait de la tristesse qui lui avait fondu dessus depuis le début de son échange de messages avec le steward.

Elle jeta un dernier coup d'œil à son reflet dans le miroir et admira ses puces d'oreilles. Les diamants prenaient des reflets irisés sous l'éclairage. Des bijoux tout à la fois simples, commodes à porter et exquis. Elle les chérirait le restant de sa vie, même si la forme de l'écrin lui avait un instant donné à croire qu'une bague l'attendait à l'intérieur…

Elle sortit de la salle de bains au moment où Leander entrait dans la chambre, superbe dans un costume bleu marine, avec une chemise dont le bleu clair faisait ressortir son teint bronzé.

Sa seule vue lui allégea le cœur. Kate ne l'avait vu en costume qu'une seule fois, lors de son deuxième jour en Californie, du temps où elle croyait encore qu'il la détestait. Ce soir-là, tout occupée à combattre son attirance grandissante pour lui, elle n'avait pas eu pleinement conscience du sex-appeal qui émanait de lui vêtu de la sorte. Pourtant Leander possédait un charme plein de sensualité, quoi qu'il porte ou ne porte pas. Même endormi, il était sexy.

Il allait affreusement lui manquer.

À la vue de Kate, Leander ne put réprimer un sifflement sourd.

— *Théos*, Kate, tu es superbe !

Ses longs cheveux blonds tombaient en boucles souples sur

ses épaules. Un léger maquillage soulignait le vert jade de ses yeux et ses pommettes hautes. Elle portait une des trois robes achetées la veille. Celle d'apparence la plus classique. Le tissu soyeux et parsemé de grandes roses rouges brodées sur fond un noir épousait sa poitrine sans trop la dévoiler puis glissait, fluide, le long de ses jambes pour s'arrêter juste au-dessus de ses genoux. Ses escarpins, retenus par une bride autour de ses chevilles, avaient la hauteur parfaite.

Kate était toujours ravissante, que ce soit dans une de ses grandes chemises ou en short avec un petit haut sans prétention. Dans cette robe, cependant, elle incarnait la grâce et l'élégance, et sa sensualité transparaissait, discrète mais bien présente.

Si présente que son effet sur lui fut immédiat.

Leander s'apprêtait à l'attirer dans ses bras pour lui en donner la preuve lorsqu'il remarqua le manque de lumière dans ses yeux.

— Quelque chose ne va pas ?

Kate haussa légèrement les épaules, un petit sourire pincé aux lèvres.

— Je suis obligée de partir plus tôt demain.

— C'est-à-dire ?

— Nous devons décoller à 11 heures.

Un goût amer envahit la gorge de Leander.

— Je ne comprends pas, nous avions prévu de partir en même temps en fin d'après-midi.

— Je sais. En fait, j'avais oublié de prendre en compte le décalage horaire entre la Californie et l'Angleterre. L'équipage enverra une voiture me chercher à 10 heures. J'arriverai ainsi à l'aube lundi. Cela me laissera juste assez de temps pour faire un saut chez mes parents, prendre mes bagages, dire au revoir à ma famille et mes amis, puis repartir pour l'aéroport.

Un étau se resserra autour du torse de Leander. Il se força à respirer lentement. De toute manière, leur relation avait une date d'expiration, tous deux le savaient depuis le début. Aussi, il était inutile de gâcher le temps qui leur restait ensemble en envisageant le moment des adieux. Il effleura alors les lèvres de Kate d'un baiser et lui caressa la joue.

— Cela ne fait que quelques heures de différence. Si nous passons une nuit blanche, nous pourrons profiter l'un de l'autre plus longtemps.

Il vit ses traits se détendre.

— J'aime beaucoup ta manière de voir les choses.

Lui passant un bras autour de la taille, il pressa une main contre son petit derrière rond.

— Et moi, j'aime qu'elle te plaise *beaucoup*. Allez, jeune fille, partons fêter dignement ton anniversaire. La soirée ne fait que commencer.

Et il comptait bien en faire une soirée mémorable. Pour eux deux.

Assis sur la banquette arrière de sa limousine, la main de Kate serrée dans la sienne et sa tête abandonnée sur son épaule, Leander respirait le doux parfum qui émanait de ses cheveux, tout en s'efforçant d'oublier que c'était leur dernière soirée ensemble.

Il n'y arrivait cependant pas.

La petite cicatrice sur son genou lui rappela combien il avait été près de la fuir. Si elle n'avait pas trébuché, il serait monté dans sa voiture, n'aurait jamais connu le bonheur inégalable de lui faire l'amour.

Un autre homme aurait partagé sa première expérience.

À un moment donné, dans un avenir probablement proche, un autre homme prendrait sa place dans son lit.

Il le lui souhaitait, d'ailleurs. Kate était dotée d'une nature très sensuelle. Il était irréaliste de l'imaginer se satisfaire d'une vie de célibat à présent que ses sens étaient éveillés.

Oui, penser le contraire n'aurait pas été raisonnable.

Du moins cherchait-il à s'en persuader.

Savoir qu'elle allait vivre et travailler en un lieu reculé du monde où les possibilités de rencontres seraient limitées, rendait cette pensée plus acceptable. Mais elle serait entourée de collègues, de gens partageant sa passion professionnelle. D'hommes. Et si l'un d'eux la séduisait, s'implantait dans sa vie ? L'épousait, peut-être. Et lui donnait des enfants...

La voix de Kate interrompit le cours de ses pensées :

— Tu me broies les doigts.

Réalisant que ces éventualités l'avaient poussé à resserrer sa poigne, Leander porta sa main à ses lèvres et en embrassa le dessus.

— Je suis désolé.

Elle lui lança un regard inquiet.

— Tu vas bien ? Je te trouve très silencieux.

Leander se força à sourire.

— Oui, ça va. Je faisais simplement travailler mes neurones. Mais nous sommes presque arrivés. Regarde un peu ça.

Imaginant que Leander partagerait ce qui le tracassait quand il le jugerait utile, et refusant de penser que leur temps ensemble aurait peut-être pris fin avant que ce moment vienne, Kate suivit son regard.

De l'autre côté de la vitre régnait l'agitation habituelle d'une fête foraine, avec sa foule, ses lumières scintillantes, ses attractions et sa grande roue. Elle aurait presque pu entendre les cris des badauds, sentir l'odeur des gaufres et de la barbe à papa. À la vue de cette joyeuse ambiance, Kate sentit sa mélancolie s'alléger.

Quelques minutes plus tard, le chauffeur tourna dans une large rue bordée de bâtiments à l'architecture de style espagnol qui avaient tout l'air d'être des théâtres, puis stoppa la voiture. Sur le trottoir se pressaient des gens. Certains portaient des tenues haute couture, d'autres de plus simples ou encore carrément délirantes. Une foule bigarrée, un véritable buffet de délices visuels.

— Nous allons voir un spectacle ? demanda-t-elle.

Leander sourit.

— En quelque sorte. C'est une surprise.

Une fois descendue de voiture, l'énergie de l'endroit suffit à dissiper le reste de sa mélancolie.

C'était son anniversaire, et sa dernière soirée avec Leander, alors il aurait fallu être masochiste pour ne pas profiter pleinement de chaque minute avec lui.

Un grand sourire aux lèvres, elle se hissa sur la pointe des pieds pour l'embrasser.

— Merci.

— Attends de savoir où nous allons pour me remercier.

— Inutile, je vais aimer, j'en suis certaine.

Leander l'avait emmenée dans quantité d'endroits lors de son séjour en Grèce sur l'île appartenant à sa famille, et elle les avait tous adorés. Le fait d'y aller avec lui – toujours d'une bonne humeur contagieuse – avait certes joué un grand rôle, mais, même s'il lui proposait un rendez-vous galant dans une bibliothèque scientifique, elle en adorerait sans aucun doute chaque moment.

— Parfait. Aucune pression pour moi, donc, répliqua-t-il gaiement en lui prenant la main.

Kate se laissa alors guider jusqu'à une porte cintrée en bois, bien quelconque comparée aux entrées grandioses des autres bâtiments de la rue, et surmontée d'une enseigne en néon portant un nom en italique : *Trevis*. Leander montra une page affichée sur son téléphone au videur costaud de faction qui s'effaça pour les laisser passer avant de leur souhaiter une bonne soirée.

L'intérieur n'avait rien de quelconque.

Pendant un instant fugace, Kate crut avoir voyagé dans le temps et s'attendit presque à voir Marilyn Monroe, Audrey Hepburn ou Bette Davis descendre avec grâce d'un grand escalier.

Autour d'eux, des dizaines de gens aux tenues dignes du tapis rouge d'un festival de films, discutaient, un verre à la main, dans ce foyer aux murs lambrissés, au mobilier en bois exotiques précieux et à l'immense lustre. Des serveurs circulaient, présentant des plateaux de canapés et de flûtes de champagne.

Captant le regard de Leander, elle demanda :

— Où sommes-nous exactement ?

— Dans un théâtre privé.

— Donc on va bien voir un spectacle, j'avais deviné juste, n'est-ce pas ?

Pour toute réponse, elle obtint un sourire espiègle.

Il saisit alors deux flûtes de champagne sur le plateau d'un serveur, lui en tendit une, puis l'entraîna à travers la foule dans un escalier de marbre blanc débouchant au sous-sol sur une grande salle.

Devant la scène se trouvaient des tables dressées, la plupart avec des convives déjà assis, là où d'ordinaire auraient dû se trouver des fauteuils.

Leander montra à nouveau son téléphone au responsable qui les accueillit. L'homme les conduisit aussitôt à une table proche de la scène.

Dès l'instant où le spectacle commença, Kate fut tellement éblouie qu'elle prêta à peine attention à la délicieuse nourriture et aux vins fins qu'on leur servit. Elle n'avait jamais assisté à un tel spectacle et, tour à tour, riait, retenait son souffle ou portait les mains à ses yeux. De captivantes acrobaties, une séance de magie, des numéros de comédie et autres. Les artistes se succédaient, tous sublimes, sous son regard émerveillé.

Quand arriva le numéro final, une acrobate qui personnifiait une naïade apparut haut au-dessus de la scène, assise à l'intérieur d'un gigantesque anneau doré suspendu au plafond. Totalement sous le charme, Kate suivit des yeux ses mouvements gracieux, la vit prendre de l'élan puis, alors que l'anneau se balançait vers l'avant, sauter d'un bond et déposer sur leur table un gâteau surmonté de bougies sur lequel était inscrit « Joyeux anniversaire, Kate ».

Sous son regard stupéfait, l'artiste souffla et un jet de feu alluma les bougies.

Des exclamations enthousiastes s'élevèrent, suivies d'applaudissements.

Kate en resta muette de saisissement.

L'expression émerveillée de sa compagne enchanta Leander. Avoir renoncé à passer les deux heures précédentes avec elle au lit en valait vraiment la peine.

Comme elle plongeait ses yeux vert jade dans les siens, l'émotion qui brillait en eux lui serra le cœur.

— Mille mercis, murmura-t-elle avant de l'embrasser. C'était extraordinaire.

— Je t'en prie. Tout le plaisir est pour moi. Allez, souffle tes bougies.

Retenant ses cheveux sur les côtés, elle gonfla ses joues et les éteignit en seul long souffle.

— Comment as-tu réussi à organiser un pareil numéro ?

Leander haussa les épaules avec modestie et sourit.

— Je ne dors pas autant que toi.

— Dans ce cas, tu dois à peine fermer les yeux !

— Notre temps ensemble vaut largement le manque de sommeil.

— Buvons à cela, répondit-elle en levant sa flûte de champagne.

Ils trinquèrent, burent, puis reposèrent leurs flûtes.

Leander mit alors une main sur celle de Kate :

— Je voulais t'offrir une sortie à l'extérieur mémorable pour que tu te souviennes de moi.

Les mots à peine sortis de sa bouche, il éprouva l'étrange impression de sombrer et dut se retenir de serrer très fort les doigts de Kate ainsi qu'il en avait envie.

Bientôt, sa main délicate soignerait des singes géants, ses pensées seraient concentrées sur ses patients orphelins, et lui, Leander, ne serait plus qu'un lointain souvenir pour elle.

Il n'avait jamais ressenti le besoin de créer des souvenirs avec quiconque auparavant.

Il vit une ombre passer sur les traits de Kate, puis elle sourit :

— Tu y as réussi, car c'est de loin ma meilleure sortie nocturne, et mon plus bel anniversaire.

Comme les artistes se rassemblaient sur la scène pour le salut final, les convives se levèrent et les applaudirent.

Kate et Leander en firent autant.

Lorsque ce dernier lui proposa de monter au dernier étage du théâtre passer un moment dans le night-club, elle accepta avec joie, prit sa main tendue, le suivit jusqu'au foyer puis dans le grand escalier. Un discret coup d'œil à sa montre lui indiqua qu'il leur restait encore douze heures avant son départ, l'occasion de danser avec Leander ne se reproduirait probablement jamais.

Le club était à l'image du reste du bâtiment, une décoration somptueuse et une intimité réservée aux privilégiés, dont elle faisait partie en cet instant, songea Kate.

Tout en enroulant les bras autour du cou de Leander sur la piste de danse, un accès de mélancolie la saisit. Si une mini-attaque de panique à l'idée de ses examens tout proches ne l'avait pas poussée à décliner l'offre d'Helena de se joindre à eux afin d'enfin rencontrer son meilleur ami – l'homme capable selon elle « de lui donner envie de dire adieu à sa virginité » –, sa vie aurait probablement pris une direction très différente.

Leander était libre à l'époque. Kate l'aurait trouvé irrésistible, c'était évident. Et, s'il avait dardé sur elle son regard de braise ainsi qu'il le faisait à présent, elle serait sans le moindre doute tombée amoureuse de lui, aurait oublié ses préoccupations universitaires et son rêve de partir pour Bornéo.

Oui, à l'époque, ses examens seraient passés au second plan, et Leander et elle auraient eu un avenir ensemble…

10

Que la piste de danse du club privé soit pleine à craquer arrangea Leander. Cela le forçait à garder le petit corps de Kate tout contre le sien.

Le résultat ne se fit pas attendre. Un désir brutal lui fondit dessus comme toujours face à elle.

D'une main pressée au creux de ses reins, il lui en fit sentir l'évidence.

Il vit alors ses lèvres s'entrouvrir, une douce couleur envahir ses joues, et une lueur s'allumer dans le vert jade de ses yeux.

Dans le même temps, elle glissa un doigt sous le col de sa chemise tandis que son autre main descendait lentement le long de son dos jusqu'à sa taille.

Les yeux dans les yeux et les hanches jointes, ils évoluèrent sur la musique sensuelle, le désir grandissant entre eux à chaque seconde.

Leander n'avait jamais voulu une femme avec une telle intensité, ni n'avait senti son désir d'elle s'amplifier au fur et à mesure de leurs rapports, encore moins n'avait-il eu l'impression d'en être devenu dépendant au point de se demander s'il ne s'agissait pas d'une addiction.

Deux semaines plus tôt, alors qu'il était allé la chercher à l'aéroport avec Helena, ils roulaient, voiture décapotée, avec de la musique en fond sonore, Kate assise à l'arrière, eux devant.

Soudain, elle avait coulé la tête entre eux et demandé s'il pouvait monter le son car la chanson qui passait était une de ses préférées. Avant même d'avoir eu une véritable conversation, ils s'étaient retrouvés en train de chanter à tue-tête ensemble, sur un air dont il savait que, le restant de sa vie, il lui rappellerait Kate. Dès l'arrivée dans la résidence de ses parents, une solide amitié s'était établie entre eux.

Jamais Leander n'avait eu une telle expérience avec une femme. Helena ne comptait pas, car elle était en quelque sorte un membre de sa famille.

En fait, il avait été dépendant de Kate avant de la désirer. Au début, il s'était interdit de la voir comme une femme parce qu'elle était là en tant que demoiselle d'honneur pour son faux mariage. Ses œillères avaient disparu en apercevant Dimitri rôder lourdement autour d'elle. À ce moment-là, son désir avait fusé, si intense qu'il l'avait terrifié.

Il n'aurait alors certainement pas imaginé que deux semaines plus tard, et après lui avoir fait l'amour nuit et jour, il serait encore accro à son corps, à son sourire, et même au son de sa voix.

Kate Hawkins faisait vibrer en lui une corde que personne n'avait animée auparavant.

Or, soudain, cette corde émit une musique qui lui résonna dans tout le corps lorsque Kate se hissa sur la pointe des pieds pour lui murmurer à l'oreille :

— Y a-t-il un endroit ici où nous pourrions trouver un peu d'intimité ?

Le cœur de Leander manqua un battement, son regard plongea dans celui de Kate, incrédule, tandis qu'une vague brûlante déferlait dans ses veines.

Lui prenant la main, il l'entraîna aussi vite que le lui permettait la décence à travers les danseurs. Il essaya les deux premières portes dans le couloir. Fermées. La troisième, en revanche, s'ouvrit sur un élégant vestiaire aux murs tapissés de miroirs, et où un parfum capiteux flottait dans l'air. L'ameublement s'y réduisait à une armoire ancienne remplie de cintres et un profond canapé en cuir.

En proie à un désir dévorant, Kate, verrouilla la porte derrière eux, poussa Leander contre le premier mur venu et lui saisit la tête puis l'embrassa avec une passion inédite, se sentant comme… possédée.

Sans détacher sa bouche de celle de Leander, elle fit sauter un à un les boutons de sa chemise puis s'attaqua à ceux de son pantalon. Ceux-ci défaits, elle s'agenouilla devant lui, libéra son érection et referma ses lèvres autour.

Son râle de plaisir la combla.

Alors qu'elle faisait coulisser ses doigts le long de son membre, Kate sentit les grandes mains de Leander se refermer autour de sa tête. Elle accentua alors ses caresses. L'une plus poussée lui arracha un gémissement guttural. Levant les yeux, elle vit ceux, mi-clos, de son amant fixés sur elle.

— *Théos*, Kate, que diable es-tu en train de me faire ? marmonna-t-il d'une voix à peine audible tant elle était rauque.

T'aimer, aurait-elle pu répondre si parler lui avait été possible.

Aimer Leander était le sentiment le plus naturel, le plus beau et le plus enivrant au monde. Surtout après le mal qu'il s'était donné pour lui offrir cette soirée extraordinaire.

C'était peut-être sa dernière chance de lui montrer à quel point cela lui avait été important. À quel point il était, lui, important pour elle.

Leander était devenu son seul monde.

Or elle était censée le quitter à jamais…

C'était impossible.

Leur relation ne pouvait pas se terminer ainsi. Il devait y avoir un moyen…

Une idée germait dans son esprit, lorsque Leander lui souleva le menton :

— Relève-toi, murmura-t-il d'une voix rauque.

Kate obéit et se retrouva plaquée à son tour contre le mur, la bouche de Leander sur la sienne et ses mains retroussant sa robe.

— Tiens donc, tu n'as pas mis de sous-vêtements...

Sa surprise évidente la fit sourire.

Dans la seconde suivante, il lui saisissait les fesses, la soulevait et la pénétrait sans plus de manières.

Les jambes enroulées autour de sa taille, Kate ferma les yeux et s'abandonna à lui, retrouvant très vite une extase partagée entre ses bras.

Tandis qu'elle reposait, la tête contre son torse, une pensée assombrit cependant ce moment. Le lendemain était dimanche, le jour de la séparation.

Elle allait devoir dire adieu à l'amour de sa vie.

Kate repoussa sur-le-champ cet accès de négativité. Rien n'était encore certain.

Leander la reposa alors au sol.

Après s'être rajustés, ils regagnèrent la limousine. Une fois à l'intérieur, il lui passa un bras autour des épaules. S'abandonnant contre lui, elle ferma les yeux, pensant à cette soirée, la plus magique de sa vie, à son si merveilleux anniversaire. Contre son oreille, le battement régulier et sourd du cœur de Leander la berça.

— Réveille-toi, *agapi mou*. Nous sommes arrivés.

Kate cilla. La limousine venait de les déposer devant la porte d'entrée de la villa. En un éclair, sa joie et son bien-être disparurent. Dormir lui avait fait perdre une vingtaine de précieuses minutes en compagnie de son amant. Sa montre indiquait 2 heures. Il lui en restait donc à peine huit avant l'heure fatidique de son avion.

— Allez, descends, dit-il. Que dirais-tu de prendre une douche avec moi ?

Elle dut faire un effort pour forcer un sourire sur ses lèvres, alors qu'un autre – béat – ne les avait pratiquement pas quittées depuis le moment où elle avait décidé de tout tenter pour rester avec Leander.

Avant de monter dans la chambre, il posa son téléphone dans son bureau.

Tout effort devint inutile une fois qu'ils se retrouvèrent nus, l'eau ruisselant sur eux. La spontanéité avec laquelle leurs corps se cherchaient et trouvaient ensemble l'harmonie ne cessait de la stupéfier.

Comme d'habitude, le plaisir les foudroya.

Leander venait de l'envelopper dans un moelleux peignoir de bain, lorsqu'elle demanda :

— Pourrais-je avoir un café ?

— Bien sûr, répondit-il avec un sourire mi-triste, mi-entendu. Très fort, j'imagine.

Kate hocha la tête, heureuse qu'il comprenne son besoin de rester éveillée.

Quelques minutes plus tard, le chef leur apporta un plateau. La nuit étant particulièrement douce, Leander enfila un caleçon, et elle une de ses grandes chemises, puis ils allèrent s'installer sur la terrasse pour boire leurs cafés sous les étoiles. Machinalement, Kate lissa les pans de sa chemise. S'ils devaient se séparer, celle-là aussi finirait dans sa valise avec les autres, le ruban de son cadeau d'anniversaire et tous les souvenirs glanés au fil des jours. Elle pourrait même tous les rassembler, en faire une sorte d'autel dédié à lui, pensa-t-elle en essayant de se remonter le moral avec cette pensée absurde.

S'asseyant sur l'une des chaises disposées devant la petite table en fonte, Kate but une tasse de café, s'en servit une autre, puis posa les jambes en travers des genoux de Leander et fit rouler une des puces d'oreille entre ses doigts. Ces bijoux, au moins, ne la quitteraient jamais. Une part de lui serait toujours sur elle.

Son regard se perdit sur l'océan, si calme que les vagues se brisaient sur le sable sans bruit et la lune se reflétait sur sa surface.

C'était peut-être la dernière fois qu'ils contemplaient ensemble le même ciel. Et, une fois le jour levé, les heures fileraient... Elles filaient d'ailleurs déjà.

Kate avait cru être préparée à la séparation, mais ce n'était pas le cas.

À cette pensée, son cœur se serra. Même la main de Leander qui lui caressait la cuisse ne réussit pas à chasser sa mélancolie soudaine.

Leander regarda Kate avaler d'un trait son deuxième café puis reposer sa tasse sur la table. Elle n'avait pas dit un mot depuis qu'ils s'étaient assis, et il la sentait tendue.

— Je te trouve bien silencieuse.

— Je faisais simplement travailler mes neurones, répondit-elle répétant ce qu'il lui avait dit dans la voiture devant la fête foraine.

Si la nuit n'avait pas été aussi calme, et si lui avait été moins attentif, il n'aurait pas remarqué le très léger tremblement de sa voix. Mais Leander, totalement en phase avec Kate, le perçut.

Il lui souleva délicatement le menton, puis capta son regard. Elle cilla, en vain car une larme roula sur sa joue.

— Je ne peux pas partir, dit-elle en un sanglot à peine perceptible.

S'efforçant d'endiguer les émotions qui montaient en lui, il l'attira dans ses bras, ferma les yeux, puis lui déposa un baiser sur les cheveux.

Ils restèrent de longues minutes ainsi enlacés, avec la joue humide de Kate contre son torse. Sentant alors son corps trembler, il lui caressa lentement le dos d'une main.

Au bout d'un moment, elle se dégagea, une expression de détresse tirait ses traits délicats.

— Je ne peux pas te dire adieu. Je n'y arriverai pas.

Une intense douleur serra le cœur de Leander.

— Tu y arriveras. Il doit en être ainsi.

Kate secoua la tête tandis que de nouvelles larmes coulaient de ses yeux.

— Non. Cela m'est impossible.

— Tu le feras pourtant. Nous savions tous deux que notre relation se terminerait demain.

— Je ne savais pas que ce serait si douloureux.

Lui non plus ne le savait pas...

Il lui caressa la joue.

— C'est douloureux maintenant, mais dans quelques jours tu seras à Bornéo. Le rêve pour lequel tu as travaillé toute ta vie se réalisera, et tu seras si occupée que ta peine s'atténuera puis disparaîtra.

— C'est ce qui s'est passé pour toi lorsque tu as quitté ton frère ?

La douleur dans la poitrine de Leander s'intensifia.

— C'était différent. Je n'ai pas quitté Leo.

C'était Leo qui avait fini par rompre les ponts avec lui.

Kate garda ses yeux vert jade brouillés de larmes rivés sur lui, puis cilla et se redressa.

— Je peux t'attendre.

Peu sûr de ce qu'elle avait en tête, il haussa un sourcil interrogateur.

Une agitation fébrile anima alors son visage de petit lutin.

— Seuls deux points nous empêchent d'être ensemble. Ta promesse à Helena, et mon départ pour Bornéo. Je ne suis pas obligée de partir. Enfin si, mais je peux n'y rester que le temps nécessaire à l'orphelinat pour me trouver un remplaçant. Toi, tu dois rentrer en Grèce, jouer ton rôle de mari auprès d'Helena et l'aider à entrer en possession de son héritage. C'est seulement l'affaire de quelques mois. Après, nous pourrons...

À peine capable de croire ce qu'elle disait, Leander l'interrompit :

— Arrête, Kate.

— C'est pourtant la solution idéale, ne le vois-tu pas ? En plus, Helena nous donnera sa bénédiction, tu le sais aussi bien que moi.

— Suggères-tu sérieusement d'abandonner le poste de tes rêves pour moi ?

Les yeux soudain brillants, Kate acquiesça de la tête.

Un goût amer emplit la bouche de Leander. Elle était on ne peut plus sérieuse !

Il réfléchit très vite malgré une soudaine nausée, cherchant à trouver la manière de lui montrer à quel point sa suggestion était impossible.

Tout abandonner pour l'homme qui avait anéanti son frère en poursuivant ses propres rêves égoïstes...

Non. Il ne pouvait pas la laisser faire !

Une seule idée lui vint :

— As-tu pensé à la déception de tes parents et tes frères ?

— Ils comprendront.

Leander inspira profondément, se durcit intérieurement pour arriver à prononcer les paroles qui entraîneraient le seul acte altruiste de sa vie.

— Tu ne peux pas leur faire ça.

— Si je suis heureuse, répondit-elle très vite, ils le seront aussi. Tu peux me croire, je les connais assez pour en être certaine. Ils ont fait d'énormes sacrifices parce qu'ils m'aiment et veulent mon bonheur. De plus, je suis sûre qu'ils se réjouiront de me savoir ailleurs dans un endroit moins éloigné. Je peux reprendre mon travail au zoo, en trouver un autre ou encore ouvrir mon propre cabinet vétérinaire.

— Certainement, mais tu as oublié de prendre en compte mon aversion pour les relations longue distance. Tu abandonnerais ton rêve pour un homme qui ne veut pas s'engager de manière permanente.

Les traits de Kate s'affaissèrent, elle se mordit la lèvre, puis sa voix sortit, ténue :

— Mais n'as-tu pas envie d'essayer ? Nous ne serons séparés que quelques mois. Avec les moyens de communication modernes, la distance n'est plus un réel problème. Il y a quantité de façons d'en contourner les inconvénients.

Même s'il se détestait pour la douleur qu'il lui infligeait – la même qui broyait son propre cœur –, Leander n'avait pas le choix.

— Ce que nous avons partagé pendant ces quelques jours a été merveilleux, mais je ne t'ai rien dit qui puisse te laisser croire que je veux davantage.

Une expression désemparée remplaça le peu d'animation restant sur le visage de Kate, ses yeux perdirent tout éclat.

— Ne plus me revoir ne te ferait ni chaud ni froid ?

— Je n'ai pas dit ça.

— Pourquoi es-tu si dur, alors ?

— Je ne suis pas dur, seulement réaliste, répondit-il avec une feinte impassibilité. Nous savions tous deux en devenant amants que seuls ces jours ici nous étaient alloués.

— Au début, oui. Mais nous avons vécu des moments si intenses. Cela nous a changés. Je n'arrive pas à croire que voir notre histoire se terminer te laisse indifférent.

— Une fois encore, je n'ai pas dit ça. Le désir est source de puissantes émotions, souvent trompeuses.

Elle tressaillit, comme s'il l'avait giflée.

— Qu'es-tu en train de me dire ?

Le désarroi évident de Kate mit Leander à l'agonie. Ses

sentiments pour elle étaient les plus profonds qu'il ait jamais cru pouvoir éprouver. Il avait su dès le moment où il lui avait fait l'amour que la quitter serait un supplice. Mais la laisser renoncer à sa vie pour lui, un homme égoïste qui faisait passer ses propres besoins avant ceux des personnes qui lui étaient chères, lui était impossible. Force était donc de faire preuve de fermeté pour la convaincre – et se convaincre lui-même – d'écouter la voix de la raison.

— Exactement ce que je viens de dire. L'émotion trouble ton jugement. Le désir est encore intense entre nous parce qu'il ne nous a pas été donné le temps de l'épuiser. Un jour pourtant, il s'éteindra de lui-même. Nous ne pouvons rien réaliser ensemble sans que l'un d'entre nous sacrifie ce qui lui est précieux. Pour finir, ces sacrifices se révéleront vains, la séparation sera amère, et le ressentiment s'installera entre nous.

Face au visage de Kate qui se décomposait au fur et à mesure de ses paroles, Leander se haït. Il était parfois nécessaire d'être cruel pour le bien d'autrui. Notion difficile à admettre mais vraie, songea-t-il tristement.

— Tu ne crois pas à ce que tu dis, n'est-ce pas ? murmura-t-elle.

— Si, Kate. Tu me connais, tu sais quel genre d'homme je suis. Je suis désolé si tes sentiments pour moi ont changé, mais ce n'est pas le cas des miens. J'ai énormément d'affection pour toi, mais nous n'aurions aucun avenir ensemble même si Bornéo n'entrait pas en ligne de compte.

11

Malgré les battements assourdissants de son cœur qui rendaient sa concentration difficile, l'éclat soudain dur dans le regard de Leander sidéra Kate. Il faisait preuve de la même dureté qu'il avait adoptée pour la forcer à partir de chez lui. Si elle n'avait pas trébuché dans l'allée, il y serait arrivé. Pas question de le laisser réussir à présent.

Elle n'avait pas le choix. La seule idée de l'imaginer la terrifiait.

Sans le lâcher du regard, sachant que la panique menaçait de la submerger si sa concentration faiblissait, elle répondit donc :

— Au contraire, je sais très bien quel genre d'homme tu es. C'est pourquoi je ne te crois pas.

Elle vit aussitôt sa mâchoire se contracter.

— Comme tu me l'as fait remarquer lors de ton premier jour ici, je suis connu pour être Leander le Séducteur. Ce surnom ne m'a pas été attribué sans raison.

Posant alors une main sur la sienne, elle répondit d'un ton méditatif :

— Tu as fui ton mariage avec Helena et la Grèce, parce que tu éprouvais des sentiments pour moi.

Les muscles de Leander se tendirent sous ses doigts.

— Je n'ai pas fui. J'avais besoin de temps et d'espace pour m'éclaircir les idées.

— À cause de tes sentiments pour moi.

— Non, à cause de ma conscience. Prononcer des vœux était délicat quand j'avais envie de mettre la demoiselle d'honneur dans mon lit.

Si Kate ne s'était pas sentie si horriblement mal, cette excuse l'aurait fait rire.

— Ta conscience ne t'a pas empêché d'accepter d'épouser Helena en premier lieu. L'idée de prononcer ces vœux ne te troublait pas le moins du monde. Tu trouvais même *drôle* de te marier. Et ne viens pas me dire que j'étais la seule parmi toutes les femmes invitées à la cérémonie avec qui tu aurais tenté ta chance ce jour-là si l'occasion s'était présentée. C'est grotesque de la part d'un homme au palmarès si impressionnant. J'ai beau être naïve, je n'en suis pas pour autant idiote.

Il lui retira sa main d'un geste sec, repoussa ses jambes toujours posées sur ses genoux, puis se leva.

— J'essaye d'agir pour le mieux, Kate. Je donnerais tout pour passer plus de temps avec toi, mais celui dont nous disposions est terminé. Maintenant, nous devons poursuivre nos chemins séparément. Tu dois l'accepter.

— Comment le pourrais-je, répondit-elle en se levant à son tour. La simple idée de partir et ne jamais te revoir me tue. Je sais d'ailleurs que tu souffres aussi.

Leander soupira.

— Tout est impermanent. La vie, la joie, la peine. Le désir aussi. Il s'éteint à force d'être assouvi.

— Mais il y a plus que du désir entre nous. Il y a des sentiments, et tu le sais parfaitement.

L'air impassible, il ouvrit la baie vitrée de la terrasse.

— Il est temps d'arrêter cette discussion avant de prononcer des mots que nous ne pourrons pas effacer.

— Il est trop tard. Nous ne pouvons pas effacer ce qui est arrivé entre nous.

Avant que Kate ait pu prévoir son mouvement, il quitta le

seuil de la chambre, revint poser les mains sur ses épaules, puis se pencha si près que son souffle l'effleura.

— Je ne veux pas te blesser, mais quand tu auras quitté cette maison, tout sera fini entre nous. Tu dois l'accepter. Va de l'avant et embrasse ta nouvelle existence. Tu le mérites après toutes ces années de dur labeur.

Son ton et son regard implacables firent réaliser à Kate qu'elle était en train de perdre Leander. Comme il lui lâchait les épaules et tournait les talons, en un geste désespéré, elle lui saisit le poignet.

— Arrête de prétendre me faire une faveur en me disant d'être raisonnable et de vivre ma vie, quand c'est toi qui refuses d'accepter la vérité. Tu as trouvé en moi quelqu'un de spécial, et tu le sais parfaitement.

Leander, que l'obstination de Kate à refuser ce qui devait être commençait à énerver, s'insurgea. Ce n'était pas sa faute si elle attendait qu'il lui déclare un amour éternel et embrasse un avenir dont il n'avait jamais voulu. Il ne lui avait jamais dit ne serait-ce qu'en envisager un.

— Ah bon, je le sais ? Partager mon lit te donnerait-il la capacité magique de lire dans mes pensées ?

Sa main se resserra autour de son poignet tandis qu'elle levait vers lui un regard désespéré.

— Je n'ai pas besoin de pouvoirs magiques pour savoir que tu as passé des années à fuir les relations humaines, que tu préférerais m'envoyer au diable plutôt que d'admettre éprouver des sentiments pour moi.

Il refréna une brusque envie de libérer son bras pour la secouer.

— Tu ne sais pas de quoi tu parles. Je n'ai jamais rien fui de ma vie.

— Tu fuis tes émotions depuis le jour où, à dix-huit ans, tu as annoncé à Leo ta décision de ne pas entrer dans l'entreprise familiale avec lui. Tu as attendu le dernier moment pour lui en parler, puis tu as quitté le pays pour ne pas être témoin du mal que *tu* venais de lui infliger. Tu n'es même pas rentré en Grèce lorsqu'il en avait le plus besoin au moment où Liassidis Shipping a eu des problèmes.

— Il ne voulait pas que je rentre, rétorqua-t-il avec colère.

— Arrête de te mentir ! Il n'avait pas besoin de ton aide, mais de ta présence. Et si tu voulais bien enlever tes œillères deux minutes, tu verrais que toi aussi tu as besoin de lui. Mais tu es bien trop fier pour admettre à quel point il te manque et avoir fermé la porte à toute nouvelle relation proche. Seuls les gens comme Helena ne sont pas une menace pour toi car ils n'attendent rien que tu ne sois pas prêt à donner.

La fureur visible sur le visage de Leander aurait incité toute personne saine d'esprit à cesser d'insister, mais Kate avait dépassé le stade de la peur. Ne reconnaissant plus en lui l'homme tendre qui lui faisait l'amour quelques heures plus tôt, la traitait comme la personne la plus précieuse au monde, elle poursuivit sur sa lancée sans lui laisser le temps de placer un mot.

— Si je n'étais pas arrivée avec une date d'expiration, tu ne m'aurais jamais fait l'amour. Tu aurais fui une fois encore, comme tu as essayé de le faire en me traitant cruellement pour me forcer à partir. Tu aurais enterré tes sentiments pour moi au plus profond de toi. Je regrette tellement d'avoir trébuché dans ta stupide allée. Sans cela, je ne serais jamais tombée amoureuse d'un sale type égoïste comme toi !

— Je ne t'ai pas demandé de m'aimer. Je suis venu ici prendre du recul, mettre de l'ordre dans mon esprit afin de tenir ma promesse à Helena. Tu t'es incrustée chez moi. Si tu n'avais pas évité toute relation intime jusque-là, tu saurais que partager le lit d'un homme ne le fait pas tomber amoureux de toi comme par magie. Sur ce, mieux vaut que tu partes dès maintenant.

Dégageant alors son bras, il entra dans la chambre.

Quelques secondes plus tard, elle l'entendit dire dans l'Interphone.

— S'il vous plaît, avancez la voiture devant la porte. Mademoiselle Hawkins s'en va.

La tête de Kate se mit à tourner, son estomac à se révulser. Le voyant alors s'habiller, elle traversa la terrasse, entra dans la chambre, puis murmura :

— Ne fais pas ça.

— Prépare tes affaires, répondit-il tout en boutonnant sa chemise. Mason va te conduire à l'aéroport. Je te suggère d'avertir l'équipage du jet de se préparer à décoller plus tôt.

— Je t'en supplie, ne fais pas ça.

Leander détourna les yeux du visage ruisselant de larmes de Kate. Il avait su que la séparation serait difficile, s'y était préparé mentalement, mais il ne s'était pas attendu à un tel désespoir de sa part. C'était si douloureux à voir qu'il lui pardonna sa ridicule tentative de jouer les psys avec lui, de l'analyser.

Un jour, elle comprendrait qu'il avait agi au mieux, avait pensé à ses intérêts à elle autant qu'aux siens.

— Avertis Helena de mon arrivée dans la soirée, ajouta-t-il en rentrant sa chemise dans son pantalon. Je te laisse faire tes bagages maintenant, j'ai du travail à rattraper avant de partir.

— Attends, Leander...

Il leva les yeux, croisa son regard vert jade une dernière fois.

— Je te souhaite tout le meilleur dans ta nouvelle vie. Vis-la pleinement et oublie-moi.

Sans lui laisser le temps de le supplier de nouveau, il quitta la chambre et rejoignit le bureau dans lequel il n'avait que brièvement posé les pieds depuis son arrivée à Marina Sands quelques heures plus tôt. Par précaution, il en verrouilla la porte.

Une fois assis, il posa les coudes sur sa table de travail et se prit la tête entre les mains.

La joue pressée contre la vitre, Kate serrait son sac à main, tandis que des larmes ne cessaient de couler. Une fois le complexe privé quitté, le chauffeur dut klaxonner pour se frayer un chemin entre les gens et les voitures garées sur les bas-côtés. Elle ne se soucia pas de savoir pourquoi elles étaient là, ni pourquoi certaines personnes braquaient des appareils photo sur leur véhicule.

Elle n'avait jamais imaginé qu'une telle peine puisse exister.

Avait-elle mal compris ? S'était-elle imaginé que les sentiments de Leander pour elle étaient aussi profonds que les siens pour lui ? Cela n'avait-il été qu'une illusion naïve de sa part ?

À l'horizon, au-dessus de l'océan qu'ils longeaient, les premières lueurs de l'aube apparurent.

Fermant les yeux, elle respira profondément dans l'espoir de calmer sa peine.

Leander l'avait privée de leur dernier lever de soleil ensemble.

Il n'avait même pas quitté son bureau pour lui dire au revoir. Ses derniers mots avaient été : « Oublie-moi. »

Comment pourrait-elle y arriver quand il lui avait apporté plus de joie qu'elle n'en avait eue pendant tout le reste de sa vie ?

Elle ne pouvait pas.

En apercevant un panneau indiquant la sortie Marina Sands Boulevard, les souvenirs de leur virée shopping ensemble lui fondirent dessus. Il s'était éclipsé pour lui acheter des puces d'oreilles…

Les puces étaient toujours à ses oreilles, et elle portait toujours sa chemise. Les seuls souvenirs qu'elle ait emportés, car, dans sa peine de savoir qu'ils ne se reverraient jamais, elle n'avait pas pensé à prendre les autres. Elle avait gardé assez de clarté d'esprit pour parler avec l'équipage, c'était tout.

Kate se souvint alors avoir vu un appel manqué sur son téléphone ainsi qu'une notification. Saisissant cette occasion de se distraire de ses pensées sinistres, elle le sortit de son sac.

Un intense malaise la saisit en constatant que l'appel venait d'Helena et avait été passé à minuit.

Elle porta l'appareil à son oreille pour écouter le message, comprenant dès les premiers mots prononcés de la voix paniquée de son amie que quelque chose de terrible était arrivé.

« Kate, la presse est au courant. S'il te plaît, sois prudente. Les journalistes m'assiègent et vont vous chercher, Leander et toi. Je suis désolée de t'avoir entraînée dans cette histoire. J'aurais dû savoir... Je t'en prie, pardonne-moi. »

Le message prenait fin sur cette supplique.

Leander savait qu'il n'aurait pas dû regarder Kate partir, pourtant, il le fit, resta devant la fenêtre jusqu'à ce que les feux arrière de la voiture aient disparu.

Il y était encore lorsque les premières lueurs de l'aube percèrent l'obscurité. Il aurait d'ailleurs pu y rester longtemps encore, hanté par le visage de Kate, son expression désespérée pour ne pas dire anéantie, si son téléphone n'avait pas sonné.

La sonnerie était celle attribuée à son assistante.

Ignorer l'appel ne servait à rien. Le jour était venu de revenir dans la vie réelle et de tenir sa promesse à Helena.

Les jambes comme anesthésiées, il revint vers son bureau.

— Oui, Shereen, qu'y a-t-il ?

— Dieu merci, vous êtes là. Je cherche à vous joindre depuis des heures.

— Je n'avais pas mon mobile sur moi.

Il se demanda alors combien de temps s'était écoulé depuis qu'il l'avait posé dans son bureau dès leur retour à la villa afin de ne pas être dérangé pendant les dernières heures à passer avec Kate. Il lui sembla que c'était tout à la fois une éternité et quelques secondes.

— Des photos prises hier soir dans un théâtre, de vous et d'une femme qui n'est pas Helena en train de vous embrasser ont été publiées.

Leander se pinça l'arête du nez.

— Dites à la presse qu'il s'agit de Leo.

— Ils savent qu'il s'agit de vous. Un blogueur grec, qui faisait un reportage sur les résidences de ses compatriotes fortunés en Californie, a localisé la vôtre. Il cherchait comment pénétrer dans le jardin car la maison était censée être vide, et vous étiez censé être en lune de miel en Grèce, lorsqu'il vous a vu sortir en voiture en compagnie d'une jeune femme blonde.

— Flûte...

— Il vous a alors suivis en ville. Ensuite, il lui a suffi de soudoyer un employé du théâtre pour prendre des photos de vous. Les journalistes ont aussitôt mené des recherches auprès des aéroports, consulté les manifestes de vol. Bref, ils savent que vous êtes en Californie, et que Leo est en Grèce.

Le poids qui pesait sur le cœur de Leander depuis le départ de Kate menaçait à présent de l'anéantir.

En une nuit, il avait gravement porté atteinte aux trois personnes à qui il tenait le plus. S'il avait encore eu un faible espoir de reconstruire un jour sa relation avec Leo, la révélation de la supercherie le lui ôtait de manière irrémédiable. Helena devait être aux cent coups, et il doutait qu'elle – ou son frère – lui pardonne. S'il était à leur place, il ne le ferait pas.

Quant à Kate... En plus, elle l'avait mis en garde contre le risque d'être découvert.

— Je vous ai fait envoyer une équipe de sécurité supplémentaire, poursuivit Shereen. Elle devrait arriver d'un instant à l'autre.

— Merci. Faites en sorte qu'une autre prenne en charge Kate Hawkins dès son arrivée en Angleterre. Je vous envoie ses coordonnées. Avertissez l'équipe qu'elle sera peut-être obligée de la suivre jusqu'à Bornéo.

Leander ne pouvait être avec elle, mais il pouvait s'assurer qu'elle atteigne sans encombre la forêt tropicale.

Il venait de terminer la conversation lorsque son téléphone sonna de nouveau. Cette fois ce fut la mélodie rythmée qu'il avait programmée, mais qui n'avait encore jamais retenti.

Celle attribuée à Leo.

Et c'était la première fois en cinq ans que son frère l'appelait.

Sur le tarmac, l'escalier du jet était déjà abaissé, et l'hôtesse attendait en haut des marches, prête à l'accueillir. Kate n'arrivait pourtant pas à détacher les yeux des photos de Leander et elle s'embrassant, accompagnées de titres tapageurs annonçant la supercherie des jumeaux Liassidis.

Sa détresse personnelle se doublait désormais d'un atroce sentiment de culpabilité. Par sa faute, la vie d'Helena, la meilleure amie dont une enfant de onze ans, arrivant dans un pensionnat huppé où tout le monde se liguait contre elle, aurait pu rêver, s'effondrait. Quelle horrible manière de remercier celle qui avait toujours été loyale et l'avait aimée de manière inconditionnelle.

Au moment où elle s'apprêtait à appeler son amie, son téléphone sonna. C'était Helena.

— Kate ? Tu m'entends ?

Sa gorge se noua subitement, ne laissant sortir qu'un filet de voix tandis que les larmes roulaient sur ses joues.

— Oui. Je suis désolée. J'ai tout gâché.

— Je t'en prie, ne pleure pas. Tu n'y es pour rien. C'est moi qui t'ai suppliée de partir à la recherche de Leander.

— Tu ne m'as pas suppliée, je t'ai proposé de le faire.

— Je n'aurais jamais dû accepter, mais j'étais tellement noyée dans mes propres problèmes que j'ai ignoré les signes indiquant une forte attirance entre vous, et ai accepté.

— Il ne s'est rien passé avant le mariage, je te le jure. Et je n'avais pas la moindre intention de faire quoi que ce soit avec lui, en partant à sa recherche.

— Je le sais, Kate.

— Leander sera auprès de toi aujourd'hui, et...

— Je ne peux pas l'épouser, plus maintenant. Dis-lui de rester en Californie. C'est une véritable folie médiatique ici, et ça ne va pas s'arranger avant un moment car je ne peux plus continuer. Il y a eu trop de secrets, trop de mensonges, trop de souffrance. Je vais donner une conférence de presse, dire la vérité.

— Ne fais pas ça, Helena ! s'exclama Kate sentant la panique monter. Tu vas perdre l'accès à ton héritage.

— Si, je dois rétablir la vérité. J'ai causé trop de mal autour de moi.

— C'est faux. Tu as essayé d'agir pour le mieux, et pour la meilleure des raisons. C'est moi qui ai tout gâché.

— Ce qui est arrivé entre vous était inévitable. Leander et toi êtes faits pour être ensemble.

Kate rassembla tout son courage pour déclarer :

— C'est fini entre nous.

— Je suis tellement navrée, ma chérie.

Au silence qui précéda la réponse de son amie, et à son ton à la fois désolé et désespéré, un éclair de compréhension foudroya Kate.

— Es-tu tombée amoureuse, toi aussi ?

— Oui. Et c'est terminé aussi. Je n'étais pas assez bien pour lui.

Elle ferma les yeux, regrettant de ne pouvoir se transporter par magie en Grèce pour serrer dans ses bras celle qui était comme sa sœur.

— Est-ce que les jumeaux Liassidis sont d'ignobles êtres insensibles de naissance ou ont-ils cultivé leur côté impitoyable séparément en vieillissant ?

Le rire surpris et rauque d'Helena déclencha celui de Kate. Deux rires teintés d'une bonne dose de douleur, mais elle s'en sentit mieux.

— Tu sais quoi, quand tout ça sera réglé, je vais te prendre au mot et te rejoindre à Bornéo !

Et, sans lui laisser le temps de placer un mot, Helena ajouta, un soupçon d'alarme dans la voix :

— Dis-moi que tu y vas toujours.

Kate soupira. Que faire d'autre ? Renoncer au rêve de sa vie pour un homme égoïste qui ne voulait pas de son amour ? Cela n'aurait eu aucun sens.

— Oui, j'y vais et ta visite serait la meilleure chose qui puisse m'arriver.

— Mais, je te préviens, je n'embrasserai aucun orang-outang.

— Parfait, parce que ça, c'est mon boulot !

Leur éclat de rire détendit momentanément l'atmosphère. Kate en profita pour demander :

— Es-tu certaine de vouloir fournir des explications publiques ?

— Je n'en ai pas franchement envie, mais je dois le faire.

— J'aimerais tant pouvoir être auprès de toi pour te donner du courage.

— J'aimerais beaucoup aussi, répliqua Helena en soupirant. Bon voyage à Bornéo.

Leur communication terminée, Kate descendit de voiture, puis monta à bord de l'avion qui l'emportait loin de Leander.

Une fois assise, elle respira profondément et regarda par le hublot. Le soleil était levé, à présent. La chaleur de ses rayons sur son visage lui donna la force dont elle avait besoin pour écrire un message à son ex-amant. Le premier. Et le dernier qu'elle lui enverrait probablement…

12

Leander alluma la télévision en évitant de regarder le canapé sur lequel Kate avait passé ses deux premières nuits sous son toit. Plusieurs chaînes européennes avaient interrompu leur programme afin de transmettre en direct la conférence de presse.

Pendant que le présentateur grec spéculait longuement sur les raisons possibles ayant poussé les jumeaux Liassidis à échanger leurs rôles, il relut le message arrivé peu de temps auparavant :

> La vérité a éclaté. Helena va donner une conférence de presse pour confirmer l'information dans les minutes ou les heures à venir. Elle te conseille de ne pas rentrer aujourd'hui. Tes services en tant que mari ne sont plus nécessaires.

Kate avait son numéro depuis leur nuit à Athènes, mais ne l'avait jamais utilisé. Ce soir-là, il avait insisté pour qu'elle le rentre dans ses contacts au cas où ils soient séparés dans le night-club...

Leander se prit la tête entre les mains, encore ébranlé après sa conversation avec Leo.

Stupéfait, il avait écouté son frère, d'ordinaire toujours si fier, lui présenter des excuses pour l'avoir si brusquement mis à l'écart de sa vie. Contrairement à son attente, ses excuses ne lui avaient procuré aucune satisfaction. Peut-être parce que, ainsi que l'en avait accusé Kate, lui aussi avait une grande responsabilité dans leur séparation.

— Écoute, Leo, avait-il fini par dire. Je suis touché d'entendre cela. Toutefois, il y a plus urgent pour l'instant. Je suis on ne peut plus navré de vous avoir entraînés, Helena et toi, dans cette histoire. S'il te plaît, dis-lui combien je suis désolé de lui avoir fait faux bond.

Comme un profond silence suivait ses paroles, Leander s'était souvenu que son frère n'appréciait plus la compagnie d'Helena depuis l'adolescence de cette dernière. Lui, en revanche avait vu son amitié avec elle s'épanouir. Helena était la sœur qu'il n'avait jamais eue. La personne dont il était le plus proche. Et ce encore plus depuis sa séparation d'avec Leo...

Or, en quelques jours, Kate avait pour ainsi dire usurpé cette place. Mais Kate était partie et était en route pour le bout du monde, loin de lui.

Il avait donc ajouté :

— Je dois filer maintenant. Nous en discuterons calmement à mon retour en Grèce. Ça te va ?

— Oui, j'aimerais beaucoup ça.

— Moi aussi, avait répondu Leander.

Sa gorge se noua soudain en réalisant l'ampleur de cet événement. Leo l'avait appelé. Après cinq longues années de silence, il lui avait tendu un rameau d'olivier, était redevenu son jumeau, l'autre moitié de lui-même.

Qu'était-il arrivé à son frère pour qu'il change d'attitude à ce point ? Car il y avait une raison, c'était certain. On ne changeait pas d'avis comme ça, du jour au lendemain.

Leander était si occupé à essayer de se remémorer les paroles exactes de Leo qu'il faillit rater le début de la conférence de presse.

Un seul regard au visage stressé d'Helena en gros plan sur l'écran répondit à sa question – et cela expliqua le profond silence de Leo lorsque lui, Leander avait mentionné son prénom.

C'était elle, la raison !

Comme Kate avait été sa raison d'envisager de changer de vie.

La déclaration d'Helena fut brève, mais sincère. Elle assuma l'entière responsabilité de la supercherie des jumeaux. Lorsqu'elle eut fini et que les journalistes furent invités à poser des questions, Leander éteignit la télévision. Il en avait assez vu.

La culpabilité le rongeait. C'était lui qui, en s'enfuyant, avait mis Helena, Leo, et par extension Kate, dans cette terrible situation. À lui désormais d'atténuer les torts causés, à défaut de pouvoir les effacer.

Dans un état second, il rédigea donc une brève déclaration qu'il chargea Shereen de faire publier.

> Helena est une femme digne d'estime qui a agi pour le mieux et avec des raisons honorables. Je n'ai aucune excuse et reconnais ma responsabilité dans cette supercherie. Leo, mon jumeau, s'est trouvé partie prenante malgré lui et a agi comme un frère, pour nous protéger. Il en va de même pour Kate Hawkins. Je vous demande instamment de laisser ces trois personnes tranquilles.

Cela fait, Leander passa les trois jours suivants enfermé dans la villa à ronger son frein, espérant que la frénésie médiatique s'apaise. En vain.

Une fois averti que Kate était arrivée à Bornéo sans être importunée par les paparazzi, il attrapa sa planche de surf, décidé à aller évacuer son stress et sa peine.

Mais sa pensée l'obsédait. Comment s'habituait-elle ? Aimait-elle l'orphelinat, ses collègues, la nourriture ? Les conditions physiques et climatiques étaient-elles supportables ?

Allongé sur sa planche, il essuya l'eau de son visage, comme si cela pouvait effacer la vision du visage de celle dont il avait brisé le cœur. Kate l'aimait. Elle l'aimait assez pour avoir voulu abandonner son rêve pour lui.

Ses parents l'aimaient aussi. Et il les avait blessés eux aussi. Non pas en refusant d'entrer dans l'entreprise familiale, ils avaient compris ses raisons, mais en déménageant sur un autre continent, puis en ne leur donnant aucune nouvelle depuis sa fuite de Grèce.

Une nouvelle vague arriva. Jugeant le moment venu, Leander se redressa et répartit le poids de son corps sur ses pieds afin de trouver l'équilibre.

Son frère l'aimait aussi. Sa désertion quatorze ans auparavant avait brisé le cœur de Leo.

Avait brisé le sien aussi.

Quatorze années de liberté, à vivre pour son propre plaisir sans se soucier de l'opinion des autres, à accumuler une fortune, tout cela pour se prouver qu'il n'avait pas besoin de son frère.

Quand, en vérité, il souffrait intensément de leur séparation.

Kate aussi lui manquait. Il la revit dans son appartement d'Athènes, un cocktail à la main, chantant à tue-tête avec la musique et agitant joyeusement un bras en l'air.

La dernière pensée de Leander quand le sommet d'une vague géante se courba, le frappant de plein fouet, fut que c'était le moment précis où il était tombé amoureux de Kate.

Les grands yeux sombres d'une jeune femelle orang-outang de deux ans, arrivée la veille à l'orphelinat et aussitôt nommée Mari, s'ouvrirent et fixèrent Kate.

— Bonjour, ma toute belle. Dans quelques minutes, tu vas te sentir beaucoup mieux.

Mari avait été trouvée dans un carton sur le trottoir d'une rue animée de Kota Kinabalu, une ville côtière en bordure de la forêt tropicale. Elle avait probablement été vendue très petite comme animal de compagnie, puis abandonnée plus tard. Kate et son équipe l'avaient anesthésiée pour soigner ses nombreuses plaies. Si tout se passait bien, au cours des années suivantes, elle acquerrait les aptitudes lui permettant d'assurer sa survie dans la jungle et pourrait être relâchée une fois arrivée à l'âge adulte.

Comme un assistant venait chercher Mari pour l'emmener en salle de réveil où elle serait surveillée en permanence, Kate ôta son masque chirurgical, se lava les mains et sortit. Dehors, leurs plus jeunes pupilles revenaient d'une promenade en forêt tropicale où les employés les emmenaient pour leur apprendre à grimper aux arbres et chercher de la nourriture.

Aishah, l'une des soignantes, lui sourit en lui montrant un de ses jeunes protégés qui s'était accroché à sa jambe pour ne pas avoir à marcher.

Kate lui sourit en retour. Être avec ces orangs-outangs espiègles et exubérants lui remontait toujours le moral. Une fois sa quarantaine achevée deux semaines auparavant, elle avait enfin pu commencer à travailler. Lorsque la mélancolie lui fondait dessus, un regard à ces tout-petits suffisait à lui ramener le sourire.

Hélas, cette bonne humeur ne survivait pas à ses moments de solitude.

Peu après son arrivée à Bornéo, Helena l'avait appelée. Leander avait eu un accident de surf, sa planche s'était retournée et l'avait violemment frappé à la tête. Par chance, ses copains surfeurs l'avaient secouru à temps.

Depuis qu'elle le savait de nouveau en bonne santé, Kate avait demandé à son amie et à sa famille de ne plus lui parler de lui, de la Grèce ou de la Californie.

Chaque soir cependant, elle ne pouvait s'empêcher de regarder les photos prises de lui avant qu'il ne lui batte froid d'un jour à l'autre. Une attitude masochiste qui ne l'aidait pas à suivre son conseil de l'oublier...

Son cœur, en fait, refusait de l'oublier.

Ce soir-là encore, Kate fit défiler les clichés, admirant le sublime visage de Leander et son corps de rêve.

Subitement, elle décida le moment venu de s'en séparer. Les regarder lui rendait impossible de l'oublier.

Le selfie avec Helena, tous trois appuyés contre la voiture à l'aéroport. Supprimer.

La photo de Leander marchant vers elle, son sourire dévastateur aux lèvres et un pichet de sangria à la main. Supprimer.

Lui, debout sur le plongeoir. Supprimer.

Kate supprima l'une après l'autre les images de l'homme qui avait refusé son amour. Le temps qu'elle finisse, les larmes ruisselaient sur ses joues, et son cœur était en lambeaux.

Il lui fallut un long moment avant de trouver le courage de rejoindre le réfectoire pour prendre son premier repas de la journée. Elle devait en effet travailler à retrouver de l'appétit. Ses vêtements flottaient autour de son corps, elle ne pouvait pas se permettre de perdre plus de poids.

Elle se forcerait désormais à manger.

Et elle cesserait de s'accrocher au souvenir de Leander.

C'en était fini du masochisme !

Leander avait parcouru le monde entier, grimpé quantité de sommets, skié sur différents continents et traversé le désert de Gobi, entre autres expéditions et aventures. Il ne s'était toutefois jamais trouvé en pareil environnement. À sa descente du camion qui l'avait récupéré à l'aéroport, la chaleur humide dans cette vaste clairière de la forêt tropicale fit coller sa chemise à sa peau, et des bruits assourdissants assaillirent ses oreilles.

Une petite femme aux cheveux poivre et sel et d'aspect revêche s'avança à sa rencontre. De toute évidence, il s'agissait de la directrice de l'orphelinat.

— Monsieur Liassidis ? demanda-t-elle dans un anglais parfait mais dénué de toute chaleur.

— Appelez-moi Leander. Vous devez être Yuna.

Elle ignora sa main tendue.

— En effet. Pourrais-je voir vos documents ?

Il les lui donna aussitôt.

D'abord le temps nécessaire à se remettre de son accident de surf, puis ces formulaires indispensables avaient retardé sa venue. Sans une généreuse donation, il se serait peut-être vu refuser l'accès de ce sanctuaire pendant des mois. De plus, Yuna lui avait exprimé au téléphone – et sans le moindre détour – son ressentiment face à ce traitement de faveur. « S'il souhaitait rencontrer un membre du personnel, il devrait le faire dans une maison en ville où leur personnel résidait pendant ses week-ends de congé », lui avait-elle dit, refusant ensuite de lui indiquer quand viendrait le tour de Kate.

Leander avait donc dû suivre à la lettre les modalités pour pénétrer sur le territoire de l'orphelinat.

— Vous n'avez pas le droit d'entrer dans les bâtiments abritant nos pensionnaires, lui rappela-t-elle après avoir consulté les documents.

Leander suivit alors Yuna. Ils passèrent entre de nombreux bâtiments bourdonnant d'activité avant d'arriver devant un à l'écart des autres.

— Attendez-moi ici, lui intima la directrice. Je vais voir si Mlle Hawkins accepte de vous recevoir.

Il hocha la tête, en proie à une terrible angoisse. Cela avait été une de ses conditions. Si Kate refusait de le voir, il serait escorté sur-le-champ jusqu'à son véhicule.

Lorsque Yuna revint deux minutes plus tard, le visage sombre, il paniqua.

— Elle ne veut pas me voir ?

La directrice secoua la tête.

— Non. Elle n'est pas dans son studio. Elle doit être en train de manger. Suivez-moi.

Soulagé et le cœur battant à tout rompre, Leander lui emboîta le pas à travers la nuit tropicale.

13

Ignorant les mines amusées de ses deux collègues, Kate enroula les nouilles autour de sa fourchette et les avala. La sensation de brûlure fut instantanée.

La bouche en feu, elle but d'un trait son verre de lait avant de lancer :

— C'est ça, moquez-vous de moi !

En raison du temps passé à supprimer ses photos de Grèce, elle était arrivée au réfectoire en fin de service. À cette heure, le seul plat principal restant était le poulet aux crevettes et cacahuètes, délicieux si ce n'était pour l'abondance de piment thaïlandais entrant dans sa composition.

Stefan, le seul autre Européen de l'orphelinat, lui demanda d'un air concerné :

— Tu veux un peu plus de lait ?

— Apporte-moi plutôt la bouteille entière ! rétorqua-t-elle avant de préparer une nouvelle bouchée.

Et dire qu'elle avait décidé d'en finir avec le masochisme !

Mais c'était vraiment agréable d'être entourée de gens sympathiques. Les journées étaient longues à l'orphelinat, et ses collègues rejoignaient leur chambre dès le repas terminé d'ordinaire au lieu de rester bavarder. Étant donné la nature de leur travail, une nuit entière de sommeil n'était jamais garantie. Kate attendait donc avec impatience son premier week-end de repos. Ce serait en plus l'occasion de faire quelques visites en compagnie d'une des infirmières. Tout était bon pour garder l'esprit occupé.

Elle s'apprêtait à manger la bouchée suivante lorsque la porte s'ouvrit sur Yuna, la terrifiante directrice, qui vint droit sur elle.

— Tu as un visiteur.

Kate la regardait, lorsqu'une grande silhouette s'encadra soudain dans la porte en arrière-plan.

Lui ?

— Alors, je le fais entrer ou le renvoie aussi sec à l'aéroport ?

De stupeur, Kate se leva si vite que sa chaise bascula et serait tombée si le mur ne l'avait pas retenue.

Leander était conscient d'avoir enfreint la règle imposée par Yuna. À savoir, rester en retrait pendant qu'elle demandait à Kate si elle souhait le voir ou non. À sa décharge, ses jambes avaient avancé malgré lui. Ce qu'il ne regrettait en rien car cela lui avait permis d'enfin revoir Kate qui, assise avec deux collègues, était en train de rire.

Cela lui fit un coup au cœur.

C'était ce même visage heureux qui avait été sa dernière vision avant d'être frappé par la vague.

Mais toute animation déserta ses traits à l'instant où elle l'aperçut. Elle devint livide.

Yuna se retourna alors, suivant le regard de Kate.

— Vous, pas un pas de plus ! s'exclama-t-elle avant de demander à Kate : Eh bien, que décides-tu ?

Les deux hommes avec qui elle dînait s'étaient aussi levés et le regardaient avec suspicion.

Du seuil, Leander demanda d'une voix soudain enrouée :

— Pouvons-nous discuter ?

Kate le fixa, n'arrivant pas à en croire ses yeux. L'abus de piment devait la faire halluciner car que pourrait bien faire

Leander en plein cœur de la forêt tropicale ? Et en plus lui demander de discuter alors qu'il lui avait dit de l'oublier. Non, c'était impossible.

— Kate, intervint Yuna avec impatience, je l'expulse ou je le fais entrer ?

Bien qu'encore en proie au doute, le cœur battant à tout rompre, elle attrapa le poignet de sa supérieure puis, lâcha en un murmure :

— S'il vous plaît, restez.

— Vous avez entendu, monsieur, elle veut que je reste. Alors, dites ce que vous avez à dire.

L'attitude protectrice de la directrice et des deux employés rassura un peu Leander. S'il devait quitter Bornéo après un rejet mérité de Kate, il la saurait au moins entourée de gens qui se souciaient d'elle.

Il dut s'éclaircir la gorge avant de parler.

— Je suis venu te dire que j'étais désolé et te supplier, à genoux si besoin, de me revenir.

Il marqua une légère pause en entendant un gémissement à peine perceptible s'échapper de la bouche de Kate.

— Depuis ton départ, ou plus exactement depuis que je t'ai repoussée, je suis l'ombre de moi-même. Tu es la meilleure chose qui me soit arrivée. J'étais trop stupide pour le reconnaître mais, au plus profond de moi, je savais que je t'aimais.

Les yeux de Kate s'écarquillèrent.

— J'ignorais en revanche que vivre sans toi serait une telle torture. Une torture méritée toutefois. Je t'ai tant de fois blessée pour la simple raison que j'étais top entêté, et effrayé, pour accepter de voir la vie d'égoïste que je m'étais bâtie s'écrouler autour de moi. Or elle avait déjà commencé à s'écrouler le jour où tu es montée à l'arrière de ma voiture à l'aéroport en Grèce. Et, à présent, ma vie n'est rien d'autre qu'un amas de ruines.

La voyant porter une main à sa bouche, et malgré son envie de savoir ce qu'elle pensait de son aveu, il poursuivit :

— J'ai toujours été égoïste, mais tu sais cela. Tu me connaissais et tu m'aimais. Tu es la seule personne au monde avec qui je ne peux plus l'être, parce que ton bonheur est tout ce qui compte désormais à mes yeux. Te blesser revient à me blesser moi-même. Tout ce que tu m'as dit au sujet de ma séparation d'avec Leo est vrai. J'ai fonctionné les dernières quatorze années sans lui, et ne peux reconnaître que maintenant où il est revenu dans ma vie à quel point il m'a manqué.

Il lui sourit brièvement pour ajouter :

— Et tu avais raison sur ce point aussi : nous sommes aussi entêtés l'un que l'autre.

La première chose que Leander avait faite après son accident de surf avait été d'appeler son frère pour s'excuser d'avoir été si lâche en l'avertissant à la dernière minute de son désir de mener une vie indépendante de la sienne. Devant l'insistance de Leo à se sentir responsable de la détérioration de leur relation après les graves problèmes de Liassidis Shipping, Leander avait compris avec le recul qu'il aurait dû rentrer en Grèce lui apporter son soutien affectif. Tous deux avaient fini par s'entendre sur le fait qu'ils avaient chacun une part de responsabilité et que seul le futur comptait désormais. Un futur de frères unis. De jumeaux.

Et peu importait que les gens les confondent sans cesse. La seule personne importante à son cœur savait au premier coup d'œil qu'il était Leander.

Bientôt, il rentrerait en Grèce boire une bière avec Leo pour la première fois depuis bien trop d'années. Qu'il apprécie le goût de cette bière et la compagnie de son frère dépendait de ce qui allait se passer avec Kate.

Sentant des larmes lui brûler les yeux, Leander se hâta de poursuivre :

— J'ai pu fonctionner sans Leo, mais je suis incapable de

fonctionner sans toi, Kate. Le monde continue de tourner, mais je le regarde en spectateur. Ma vie est vide sans toi. Je t'aime et je ne sais pas vivre sans toi. Je...

Sa voix se brisa en réalisant soudain qu'il risquait de quitter cet endroit et de ne jamais la revoir. Que sa belle et espiègle Kate était peut-être allée de l'avant. Qu'il l'avait trop blessée pour qu'elle puisse à nouveau lui accorder sa confiance.

Et il n'aurait personne à blâmer que lui-même.

Tout en écoutant Leander, Kate avait l'impression de vivre une expérience extracorporelle, de flotter dans l'air, légère, et que seule sa main refermée autour du poignet de Yuna l'empêchait de s'envoler.

Cette longue déclaration lui parut irréelle jusqu'au moment où la voix de Leander se cassa.

Dans le silence soudain, le flou qui avait brouillé sa vision se dissipa, et elle le vit clairement.

Leander.

Son Leander, l'homme qui avait illuminé son cœur dès son premier sourire, puis allumé en elle une inimaginable passion, mis ses veines en ébullition, l'avait emplie de joie. Émotions qui l'avaient désertée sans lui.

Il avait perdu du poids. Une repousse de barbe ombrait ses joues. Ses cheveux ne semblaient pas avoir été peignés depuis des jours. Ses yeux étaient ceux d'un homme ayant perdu le sommeil.

Des larmes brillaient dans ses yeux.

Une grande souffrance y transparaissait aussi.

Mais, en les fixant, Kate vit une lumière venue du cœur.

Leander était venu à elle.

Dans un état second, son regard rivé sur l'homme pour qui son cœur s'était emballé bien avant que son esprit s'en rende compte, elle lâcha le poignet de Yuna, puis marcha lentement jusqu'à lui.

Figé sur place, le souffle suspendu, les battements de son cœur résonnant, assourdissants, dans sa tête, Leander regardait Kate s'avancer lentement vers lui, comme dans un rêve. À ses oreilles, deux puces en diamant brillaient…

Elle s'arrêta devant lui.

Pendant quelques secondes qui lui parurent durer une éternité, aucun d'eux ne parla.

Il vit la gorge de Kate bouger, puis elle lui posa une main tremblante sur la joue avant de murmurer :

— Si jamais tu me repousses de nouveau ou fuis, je t'arracherai le cœur de mes propres mains.

Un soupçon du poids qui oppressait les poumons de Leander se leva.

Couvrant sa main de la sienne, il se pressa contre elle.

— Prends-le maintenant. Il t'appartient.

Ses yeux vert jade fixés sur les siens, elle lui posa son autre main dans le cou.

— À jamais ?

À ce contact, une vague d'émotions le submergea.

— Il t'appartient, Kate, pour aussi longtemps que tu le veux.

— Je le veux pour toujours, répondit-elle un sourire à peine ébauché aux lèvres.

— Je te le donne à jamais. Et mon âme avec.

L'âme qu'elle avait sauvée sans même essayer…

Tandis que leurs visages se rapprochaient lentement l'un de l'autre, Leander sentit le cœur et l'âme de Kate venir à la rencontre des siens, s'unir à eux, lever le restant du poids qui l'oppressait encore.

— Je t'aime, murmura Kate au moment où la bouche de Leander effleurait la sienne.

Et, lorsqu'il referma ses bras autour d'elle pour lui donner le plus doux des baisers, les lambeaux de son cœur s'assemblèrent, se tissèrent étroitement ensemble pour le reformer, et elle se sentit entière.

Il l'aimait.

Leander l'aimait.

Un raclement de gorge peu subtil derrière eux les fit se séparer.

— Je vais devoir chercher un autre vétérinaire, j'imagine, grommela Yuna.

— Certainement pas, répondit Leander d'une voix ferme avant qu'elle n'ait eu le temps de songer à parler. Kate restera ici aussi longtemps qu'elle le désire. C'est moi qui procéderai aux changements nécessaires afin que notre mariage fonctionne au mieux.

Kate haussa vivement les sourcils.

— Notre mariage ?

— Oui, si tu veux bien de moi.

Si elle voulait de lui ? En l'espace de quelques minutes, elle était passée d'une profonde dépression à un état de béatitude extrême.

Kate embrassa alors Leander avec une passion apte à lui donner une réponse sans équivoque.

Épilogue

Sur une île grecque à peu de distance de celle de la famille Liassidis, à la limite d'une longue plage publique et d'une plage privée se tient une maisonnette en bois dont l'avant s'ouvre sur une rangée de tables en bois.

Les touristes et les habitants locaux savent que les meilleurs mois pour venir au Kate's Cocktail Bar sont mai et juin, lorsque son sympathique propriétaire œuvre derrière le bar et accueille étrangers et visages familiers comme des amis. Sa femme dont le prénom figure sur l'enseigne est souvent présente, mais laisse à son mari le soin de préparer les cocktails.

Fin juin, le couple s'envole pour Bornéo où il vit pendant six mois dans une maison en bois, construite à la cime d'un arbre dans l'enceinte de l'orphelinat pour orangs-outangs en pleine expansion où l'épouse travaille.

Chaque année, une semaine avant Noël, tous deux rentrent en Europe rendre visite à leurs familles respectives et souvent les rassembler dans leur magnifique villa. Ensuite, ils partent pour la Californie où le mari surfe des semaines durant pendant que sa femme prétend ne pas s'inquiéter chaque fois qu'il gagne la plage avec sa planche.

Ils passent février, mars et avril là où leur envie les conduit.

Cette vie semi-nomade que Kate adore va cependant devoir prendre fin.

Le cœur palpitant, la jeune femme quitte la villa pour rejoindre son mari. Assis sur l'un de hauts tabourets du bar, vide à cette heure matinale, en train de griffonner des plans sur une serviette en papier, il est tellement absorbé qu'il ne l'entend pas approcher. Lorsque enfin il prend conscience de sa présence, il lui adresse le radieux sourire qui n'anime ses lèvres que pour elle.

L'attirant entre ses jambes, il l'embrasse avec une passion similaire à celle des premiers jours. Elle ne doute pas un instant que cette passion durera à jamais.

Il doit alors remarquer une lueur particulière dans ses yeux, car ses sourcils se haussent, interrogateurs.

Elle lui retourne un sourire complice.

Il comprend.

Quelques instants plus tard, les volets de la maisonnette se ferment pour leur permettre de fêter la vie qu'ils ont créée dans l'intimité.

Leur vie va devoir changer à nouveau.

Aucun d'eux ne doute que ce sera pour le meilleur.

Ils réussissent tout ce qu'ils entreprennent ensemble.

Vous avez aimé ce roman ?
Découvrez l'histoire de Leonidas et Helena
dès le mois prochain dans votre collection Azur !